俺のアパートがダンジョンになったので、最強モンスターを従えて楽々攻略
My apartment has become a dungeon, and I'm going to conquer it easily with the strongest monsters.
PARTY MEMBER
大家さん、
従魔士《テイマー》に覚醒したってよ

My apartment has become a dungeon, and I'm going to conquer it easily with the strongest monsters.

CHARACTER

サクラ

Sakura

藍大が能力でテイムしたモンスター。最初は幼女姿のバンシーだったがリリム、リリスへの進化に伴って容姿も美少女、美女へと変化していき……!?

逢魔藍大《おうまらんた》

Ranta Ouma

両親が遺したアパート「シャングリラ」の大家。ある日突然一室がダンジョンになっていると気づく。無二の職業技能《ジョブスキル》にも目覚め、ダンジョン攻略に乗り出すが……

立石 舞《たていしまい》

Mai Tateishi

「シャングリラ」の103号室に住む冒険者の女性。普段は可愛いが、戦闘になると元レディース総長の血が騒ぎ、モンスターを容赦なく駆逐する。着いた二つ名は「撲殺騎士」

広瀬《ひろせ》 司《つかさ》

Tsukasa Hirose

麗奈と同じくDMUから派遣された槍士の美少女……にしか見えない男性。可憐な容姿で、「シャングリラ」一の常識人。だが男だ

轟《とどろき》 麗奈《れいな》

Reina Todoroki

DMUから藍大の護衛として派遣された拳闘士の女性。「飲猿」の二つ名の通り、酔っぱらうと無双状態になり制御不能に

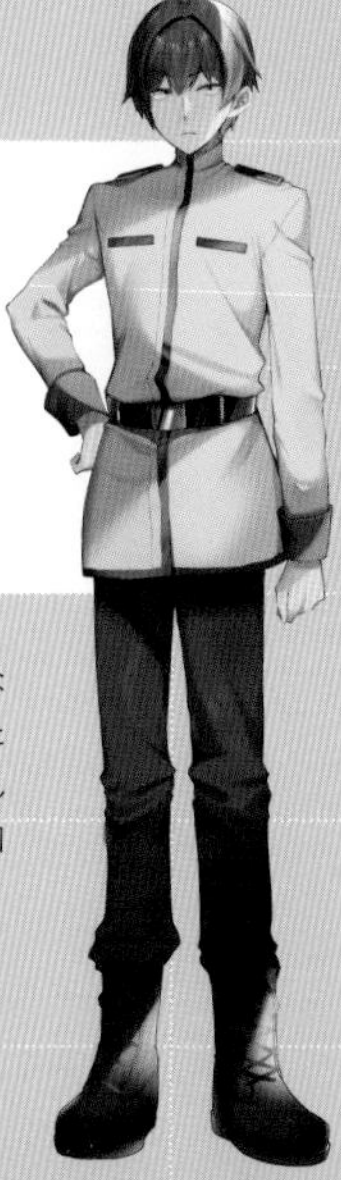

芹江《せりえ》 茂《しげる》

Shigeru Serie

藍大の幼馴染であり、希少な職業技能・鑑定士に覚醒したエリート。DMUでも重用されていて藍大のために色々と根回ししてくれる

「痒いところはありませんか～？」

「主と入りたかった……」

「バラバラになっちゃえ～！」
「変態触手なんてぶちのめせ！」

「藍大に手を出すんじゃねえ!」

KEYWORD

TEXT

職業技能《ジョブスキル》

大地震の生存者達が突如目覚めた特殊能力。職業技能の保持者は超人と呼ばれる。超人の多くは近接戦闘系の能力を持ち、遠距離戦闘系や特殊な補助系の職業技能は希少

1

TEXT

DMU

正式名称は迷宮管理部隊(Dungeon Management Unit)。各地に現れたダンジョンを管理すべく国が設立した。アイテムの販売や荷物の運搬など、その活動範囲は手広い

2

TEXT

モンスター

ダンジョン内で侵入者を襲う生物。倒された死体は貴重な素材にもなる。フロア毎に現れるボスモンスターや一定の条件下で出現する【掃除屋】など特殊なモンスターも存在する

3

TEXT

従魔士《テイマー》

藍大が覚醒した職業技能。モンスターをテイムして仲間にする能力。テイムは不可能とされてきたが、藍大はサクラを従魔にするという世界初の偉業を成し遂げた

4

俺のアパートがダンジョンになったので、最強モンスターを従えて楽々攻略

大家さん、従魔士《テイマー》に覚醒したってよ

モノクロ

ファンタジア文庫

3330

口絵・本文イラスト　あゆま紗由

CONTENTS

My apartment has become a dungeon, and I'm going to conquer it easily with the strongest monsters.

一章　大家さん、覚醒する

「脚立《きゃたつ》は物置か」

大家になって三ヶ月が経《た》ち、逢魔藍大《おうまらんた》は庭の手入れに使う物を準備していた。

ところが、普段物置にしている一〇一号室を開けたらそこは洞窟だったので首を傾《かし》げた。

「物置の荷物が消えた？　というかなんで洞窟⁉」

藍大はドアを開けたまま消えた荷物を探すべく洞窟に足を踏み入れた。

自分が大家をしているシャングリラは一階四部屋二階建てのアパートであり、一〇一号室は断じて洞窟なんかではなかった。

藍大が大家になったのは、彼が二十二歳にして両親を失って天涯孤独になったからだ。

二〇二五年の元旦、彼が友人と飛行機で海外から帰国する途中で大地震が発生した。

彼の両親は建物の倒壊で下敷きになって亡《な》くなってしまったが、藍大は飛行機に乗って空の旅の真っ最中だったから両親と違って生き残れた。

藍大が両親を失った大地震は地球規模で影響を与え、世界人口の三割が失われた。

それだけなら人類は自然災害の恐ろしさを思い知っただけだが、残念ながら二つの理由から地球は転換期を迎えたと断定された。

一つ目は、地震の生存者達が続々と高熱を出して意識不明になり、熱が引いて目覚めた者は特殊能力を開花させたからだ。

特殊能力を会得《えとく》した者は生存者の三割程度で、いずれも能力の使い方を目覚めると同時に理解できた。

そして、その能力は職業名で頭に浮かぶことから職業技能《ジョブスキル》と呼ばれるようになり、その保持者は超人と呼ばれた。

二つ目は、大地震発生後に世界中でモンスターと未知の資源があるダンジョンが発見されたからだ。

モンスターはダンジョンの中で侵入者を襲う。

ダンジョンによっては落とし穴や槍衾《やりぶすま》等危険な罠《わな》で侵入者を容赦なく殺しにかかる。

その内部では何者も死ねば等しく時間の経過と共にダンジョンに吸収される。

もっとも、モンスターの死体は貴重な素材となるので人類が持ち帰るのだが。

ダンジョンにはエリアやフロア毎《ごと》にボスモンスターがいる。

以上の情報は超人達がダンジョンに挑んで突き止めたものだ。

ダンジョンは所有者不在の廃墟《はいきょ》等に現れる傾向にあり、発見後は国が設立したＤＭＵ（迷宮管理部隊《Dungeon Management Unit》）が管理する。

超人は冒険者なる新しい国家資格の取得を推奨され、冒険者はモンスターを倒して未知の資源を持ち帰る国家公務員として認知された。

そんな中、藍大は冒険者登録してもシャングリラの大家として燻《くすぶ》っていた。

両親の死を知った藍大を高熱が襲って彼は超人となったが、登録できても自分の職業技能《ジョブスキル》がわからなくてダンジョンに行けなかった。

結果として、両親の相続財産であるシャングリラの大家として暮らしている。

シャングリラの優れた防犯対策と耐震設計は地元で大人気で、大地震でも崩れなかった。

一〇一号室は物置として長年放置されており、藍大は一〇二号室に住んでいる。

また、彼以外にも住人が四人いるから藍大はその家賃収入で生活している。

つい先程まで平凡な生活をしているはずだったのだが、ドアを開けて変わり果てた一〇一号室を見て藍大はようやく気付いた。

「そうか、一〇一号室はダンジョンになったのか。というか、なんだこの黒い本？」

いつの間にか藍大の足元に黒いハードカバーの本があり、それが気になって手に取った。

『おめでとうございます。逢魔藍大は世界で初めて従魔士《じゅうまし》に覚醒しました』

『従魔士とはモンスターをテイムして仲間を増やす職業技能《ジョブスキル》です』

藍大の頭に自分が覚醒したというアナウンスが聞こえた。

「俺は従魔士だったのか。てか、今の声って何？」

いきなり聞こえた声に戸惑ったが、自分が従魔士であると知って改めて自分も超人になれていたのだと安堵《あんど》した。

それ自体もっと考えなければならないのだが、そもそも自分に聞こえた声がなんだろうかと気になって質問してみたものの返答はない。

超人で多い職業技能《ジョブスキル》は近接戦闘系であり、魔術士等の遠距離戦闘系は少なく、藍大の従魔士に至ってはレア中のレアだろう。

「新しい職業技能《ジョブスキル》をＤＭＵに報告したら情報料を貰《もら》えるんじゃね？」

従魔士に何ができるのかを確認したが、藍大は最初から躓《つまず》くことになる。

「この本をモンスターに被《かぶ》せないとテイムできない……だと……？」

彼が持っている本は従魔士の力を具現化させたモンスター図鑑である。

この本をモンスターに被せればテイムが完了し、亜空間に従魔をキープできる。

従魔を亜空間に移動させると、自然回復よりも早くHPとMPが回復して怪我《けが》も治る。

しかし、藍大は大学卒業まで運動部に所属しておらず運動神経は人並みだから、モンスターにモンスター図鑑を被せるのは難しい。

「テイムに運動神経を求めないでくれ！」

叫び声が虚《むな》しく洞窟に響いたが、藍大は運動神経を理由に念願の冒険者の道を諦めるつもりはない。

しばらく進んだ所で藍大は傷だらけの幼女が倒れているのを見つけた。

身に着けている黒いゴスロリは汚れており、背中まで伸びた薄ピンクの髪にも土が付着している。

「おい、しっかりしろ！」

藍大はその幼女に駆け寄って生存確認を行う。

息があるとわかって幼女を安全な場所に運ぼうとした時、モンスター図鑑が藍大の手の中で光りながら開き、そこにステータスが表示された。

名前：なし　種族：バンシー

性別：雌　Lv：1

HP：3／20　MP：20／100
STR：10　VIT：10
DEX：20　AGI：15
INT：20　LUK：10

アビリティ：〈不幸招来《バッドラック》〉

備考：衰弱

「この幼女、モンスターなのかよ⁉」

従魔士である藍大はモンスターのステータスを確認できるので、この幼女がバンシーだと理解できた。

HPは体力《Hit Point》。

MPは魔力《Magic Point》。

これらは食事や睡眠、時間経過で回復する。

ＳＴＲは力《Strength》。

ＶＩＴは生命力《Vitality》。

ＤＥＸは器用さ《Dexterity》。

ＡＧＩは敏捷性《Agility》。

ＩＮＴは知力《Intelligence》。

ＬＵＫは運《Luck》。

以上は藍大がモンスター図鑑で知り得た情報だ。

「バンシーを回復させるにはテイムしかない。でも、幼女をテイムするって事案じゃね？」

藍大は今後ダンジョンに挑むとして、他の冒険者にバンシーを連れ歩く姿を見られたら不味《まず》いと思った。

いや、連れ歩くだけならどうとでも取り繕えるが、幼女に戦わせて自分は見ているだけという状況が不味いのだと思い直した。

「鬼畜扱いは嫌だけど、バンシーを見捨てるなんてできないだろっ」

藍大がモンスター図鑑を開いてバンシーの頭の上に被せると、バンシーの体がその中に吸い込まれていった。

『バンシーのテイムに成功しました。名前をつけて下さい』

先程から聞こえる声の出所が気になったが、藍大はそれをゲームのシステムメッセージに似たものと解釈した。

「名前はサクラだ」

出会った季節と髪の色から桜を連想してそれを名前にしたのだ。

『バンシーの名前をサクラとして登録します』

『サクラは名付けられたことで強化されました』

『サクラのステータスはモンスター図鑑の従魔ページに記載され、変化がある度に更新されていつでもその情報を閲覧できます』

藍大はテイムが済むと該当のページでサクラの能力値が全て倍になったことを知った。

しかも、サクラは亜空間で休んだおかげで既にＨＰは全快している。

召喚はモンスター図鑑で呼び出したいモンスターのページを開き、【召喚《サモン》：○○】とその名前もセットで声に出せばできる。

「【召喚《サモン》：サクラ】」

「キュ～」

サクラは藍大の脚に抱き着く。

「人型でも喋《しゃべ》れないのか。サクラ、元気になったんだな」

「キュ～。キュキュ～」

サクラは頷《うなず》いてから藍大に頭を下げた。

自分のピンチを助けてくれた藍大に感謝の気持ちを伝えているらしい。

「助けたお礼かな？」

「キュ～」

「これならサクラと意思疎通は取れそうだ」

正解だと頷くサクラを見て藍大は意思の疎通が取れるらしいと安心したが、疑問が新たに思い浮かぶ。

「サクラって何食べるんだ？」

従魔の食事は主人にとって懸念点だろう。

藍大は一人暮らしなので生活していけるが、食い扶持《ぶち》が増えれば生活が厳しくなるから気軽にテイムできなくなる。

ところが、サクラが図鑑の食事に関する部分を指差してその懸念点を払拭《ふっしょく》した。

「亜空間でエネルギー補給もできるのか。食事は娯楽だからなくても良いと」

「キュ〜」

モンスターは従魔士の財布に優しい存在らしい。

勿論《もちろん》食事はできるから、好物があれば食べさせた方が良いともモンスター図鑑には記されていた。

「まあ、何が食べたいかはサクラに追々教えてもらうよ」

「キュ〜」

それで大丈夫だとサクラは頷いた。

今知りたいことは知ることができたので、藍大はダンジョンから脱出した。

帰宅してすぐに連絡しておくべき相手に電話をかける。

「サクラ、俺が良いって言うまで静かにな」

「キュ」

サクラが頷いた後に相手が電話に出た。

『藍大、今絶賛仕事中なんだがどうした？』

「茂《しげる》、その仕事に関する電話だ」

『仕事？　ダンジョンでも見つけたのか？』

「正解」

藍大が電話した相手は芹江《せりえ》茂。

大地震の日に藍大と同行していた友達の一人であり、鑑定士に覚醒してＤＭＵに雇われているエリートだ。

戦闘には不向きだが、ダンジョンの戦利品の価値を鑑定できるので国に囲われている。

『どこだ？　ＤＭＵの隊員を派遣する』

「シャングリラの一〇一号室なんだなこれが」

『シャングリラだと⁉　ダンジョンって所有者のいない場所に現れるんだぞ⁉　いや、でも、藍大がくだらん嘘《うそ》をつく理由がないな。新発見じゃねえか。お手柄だぜ』

ダンジョンは今まで洞窟や廃墟《はいきょ》等の所有者のいない所に現れる傾向があったが、例外が身近な所から出て茂は驚いた。

それでもすぐに落ち着いたあたり、茂はファンタジーな世界に慣れて来たのだろう。

「実はもう一つ報告事項がある」

『なんだ？　ダンジョン発見よりもびっくりするような話か？』

「俺が超人として覚醒したって言ったらどうだ？」

『覚醒したのか藍大！　ようこそこちら側へ！』

「ありがとな。職業技能《ジョブスキル》は従魔士。俺はモンスターをテイムできるんだ。実は既に一体モンスターをテイムした」

『なん……だと……⁉　従魔士⁉　モンスターをテイムしたって⁉』

　モンスターのテイムは冒険者達の悲願なので、それに成功したならばスクープになることは間違いない。

「茂、ビデオ通話に切り替えて良いか？　俺の隣に従魔がいるんだが」

『是非とも切り替えてくれ！　マジでテイムしたんなら世界初の従魔だぞ！』

　藍大はサクラの容姿を考えずにビデオ通話に切り替えてしまった。

　何も考えずに切り替えたことがミスだと気づいた時には遅かった。

『お巡りさんこいつです！』

「濡《ぬ》れ衣《ぎぬ》だ！　鑑定すればわかるだろ⁉」

『なんだ、バンシーかよ。いや、バンシーだったらすごいんだったわ。それよりもそっちには俺が行くから』

「なんで？」

藍大は茂が忙しいことも知っているので彼自身が来るとは思っていなかった。

『他の人だとルール通りにシャングリラから立ち退けって言われるからに決まってんだろ。それなら俺が行った方が何かと便宜を図れるかもしれん』

「そりゃ困る。茂に来てもらいたい」

『だろ？　んじゃ、一時間ぐらいでそっち行くから待っててくれ』

「あいよ。待ってるぜ」

電話が終わって藍大はサクラに声をかける。

「サクラ、もう声を出しても大丈夫だぞ」

「キュ～」

もう喋って良いのかと気の抜けたサクラを見て和み、藍大はスマホでその姿の写真を撮る。

「キュッ⁉」

サクラはカメラのフラッシュに驚いたらしい。

「ごめん。これはサクラの写真を撮ったんだ。ほら」

藍大がサクラの気の緩んだ姿の写真を見せると、サクラは立ち上がって頬を膨らませた。

「キュキュ！」

「撮るならもっと可愛《かわい》く撮れって？」

「キュ！」

その通りだとサクラが頷いたので藍大は苦笑する。

「しょうがないな。サクラ、好きなポーズをしてくれ」

「キュッキュ〜」

サクラは藍大の布団《ふとん》にダイブしてポーズを決める。

「何故に抱き枕風？　そりゃ撮るけどさ」

藍大は写真を撮ってサクラにそれを見せた。

「どうだ？」

「キュ」

サムズアップである。

写真撮影を終えたら、藍大は改めてサクラのステータスを見て〈不幸招来《バッドラック》〉の効果を確認した。

この効果次第では藍大も冒険者として活動できるのだから当然だろう。

ちなみに、アビリティとはモンスターの技で超人には会得《えとく》できない。

さて、〈不幸招来《バッドラック》〉とは指向性のある叫び声を敵に聞かせ、それによって敵のLUKを自身のINTの数値分だけ減少させるものだ。

LUKが0に近い程不慮の事故でダメージを負いやすくなる。

調べ事をしている内に一〇二号室のインターホンが鳴る。

「藍大、俺だ」

「あいよ。今開けるわ」

藍大がドアを開けると、DMUの制服を着た三白眼が特徴的な長身の男がいた。

「よっ。マジでバンシーをテイムしたのな」

「キュ……」

サクラは茂に怯《おび》えて藍大の脚に抱き着く。

「茂、怖い顔すんなよ」

「してないっての。これが地顔だ。なんにせよ元気そうだな、藍大」

「おう」

藍大と茂は拳をコツンとぶつけて挨拶を交わした。

その後、藍大達は一〇一号室ではなく一〇三号室の前に移動した。

「茂、ダンジョンは一〇一号室だぞ？　一〇三号室は立石《たていし》さんの部屋だ」

「わかってるよそれぐらい。立石さんには護衛を頼んでたんだ」

「立石さんと知り合いなの？　あの人が冒険者なのは俺も知ってるけど」

藍大は大家として最低限の情報は知っていても必要以上に踏み込まないから、茂と一〇三号室の住人に接点があることに驚いた。

「仕事で何度か一緒になったんだよ。んじゃ、インターホン押すぞ」

「は～い」

一〇三号室から背の高い女性が現れた。

金色の髪はポニーテールに整えられており、女性用のプレートメイルを着てメイスと盾を装備している。

いつでもダンジョンに行ける状態で待機していた彼女が一〇三号室の住人、立石舞《まい》である。

「急な依頼にもかかわらず、受けていただきありがとうございます。今日はよろしくお願いします」

「私も今月ピンチだったから助かったよ～。大家さんがいるってことは本当にシャングリラにダンジョンが出現したんだね」

「信じてなかったんですか？」

「芹江さんが嘘をつくとは思わないけど、そのバンシーを見るまで信じるのは難しいよ」

サクラは舞を恐れて藍大の後ろに隠れるので、藍大はその頭を撫《な》でつつ舞に話しかける。

「立石さん、サクラが怖がるんでじっと見るのは止《や》めてあげて」

「ごめんね大家さん。サクラちゃんはとっても懐《なつ》いてるね」

「キュ！」

当然だと言わんばかりにサクラが胸を張る姿が舞に刺さった。

「サクラちゃんのドヤ顔可愛い！　お持ち帰りしたい！」

「キュキュ！」

嫌だと首を左右に振ってサクラは藍大の脚に抱き着く。

「立石さん、今から例のダンジョンに入るんですから落ち着いて下さい」

「茂の仕事口調聞くとエリートっぽく感じる」

「藍大黙って」

「芹江さん、大家さんと仲良いんだね」

「茂とは幼稚園からの付き合いだから」

「藍大、仕事中だ」

「はいはい。んじゃ、ダンジョンに行きますか」

藍大達は一〇一号室の前に移動し、舞がドアを開けてみたが一〇一号室のままだった。

「あっ、脚立《きゃたつ》あったって違うか」

「ダンジョンは何処《どこ》いった？」

「なんで～？」

ダンジョンに入ろうとしてドアを開けたら物置部屋だったならば、こんな反応になるのも仕方のないことだろう。

茂が開けてもドアの向こうは物置であり、藍大が開くとそこはモンスター図鑑を拾った洞窟だった。

「マジかよ。どういう仕組み？」

「大家さんすご～い」

「俺しか開けられないダンジョンなんですね、わかります」

「そんなダンジョンあるか？」

「キュキュ～」

ドヤ顔のサクラを見て、とりあえず藍大は撫でる。

「可愛い～！　私も～！」

「キュッ」

サクラは自分の頭を撫でようとする舞の手を拒否するようにペシッと弾いた。

「サクラちゃん、なんで私は駄目なの？」

サクラは舞の質問に対してプイと知らんぷりする。

それから、ダンジョンに入れる方法を調査した結果、藍大は膝から崩れ落ちた。

「なんで俺が開けると一〇一号室はダンジョンになるんだ！　俺は脚立を取りたかっただけなのに！」

「大丈夫だよ大家さん！　脚立なら私が取ってあげるから！」

「ありがとう！」

「脚立は今重要じゃねえだろ！　あっ……、すみません」

藍大と舞のやり取りを聞き、茂は思わず素《す》の口調でツッコんでしまった。

「芹江さん、同い年だし私もタメ語で良いよ」

「え？　あぁ、そうか。戦う立石さんを知ってる俺としては、同い年だとは思えなくてな。

藍大も知ったら絶対そう思うはずだ」

「立石さんって二重人格だったりする？」

「そんなことないよ～」

両手と首を横に振って否定する舞にジト目を向けていたが、茂は気持ちを切り替えた。

「藍大、こうなった原因に心当たりは？」

「ない」

藍大とサクラ、舞、茂の順番でダンジョンに入った。

藍大達が進んでいると、カサコソと音が聞こえて舞が止まるように合図した。

「立石さん、モンスターが来たの？」

「おう、狩りの時間だ」

「た、立石さん？」

「藍大、ここは立石さんに任せとけ。それよりも来たぞ」

舞の変化にビクッとした藍大は茂に肩を摑《つか》まれて後ろに退《ひ》く。

そして、前方から群れを成してやって来たモンスターを視界に捉えた。

「ピカピカしたのがうじゃうじゃいる！」

「嘘《うそ》だろ⁉　マネーバグじゃねえか！」

「マネーバグ？」

「一匹だけをよく見てみな。マネーバグは硬貨そっくりでそこから六本の足が生えた虫型モンスターだ。出現する国の硬貨を真似《まね》するから、日本じゃ六種類いるんだよ」

「何それ面白い。硬貨の価値が高い程強い的な？」

「その通り。こいつはレアだぜ？　雑魚《モブ》として現れるなんてこのダンジョンはおかしい」

「キュ、キュ」

サクラが震えながら藍大の右脚に抱き着く。

「まさか、サクラがやられたのはこいつら？」

「キュ」

「そうか。数の暴力にやられたんだな」

「キュ〜」

あいつら酷《ひど》いんだと主張するようにサクラは頷《うなず》いた。

そんなやり取りの一方で、舞が突然叫び始めた。

「ヒャッハァァァッ！　ぶちのめしてやる！」

「立石さん⁉　どこの世紀末から来た⁉」

「キュキュ⁉」

舞の豹変《ひょうへん》ぶりに藍大とサクラが驚いたのを見て、茂が疲れた表情で口を開いた。

「説明しよう。戦闘になると元レディース総長の血が騒ぐらしい」

「レディース総長？　どう見てもあの言動はモヒカンヘッドだろ」

「それでも護衛はちゃんとやってくれるんだ」

「そこはちゃんとしてるのか」

「おう。だから、俺達は豹変した立石さんに慣れれば良いんだ」

「なるほど」

舞は狂戦士ではなく騎士だから護衛対象を守る意識があるらしい。

実際、過去に茂は護衛してもらったから舞の実力面に問題を感じていない。

今もマネーバグの群れに嬉々《きき》としてメイスを振るっている。

「オラオラオラァ！」

「あぁ、俺の知ってる立石さんは何処行った？」

「普段は可愛《かわい》い物好きで良い人なんだけどな」

「冒険者として戦闘に忌避感ないのは良いんじゃね？」

「そうだけどよ、あれを見た人は固定パーティーは組もうとしねえからソロになる」

「元レディース仲間は？」

「大地震で亡《な》くなったそうだ」

「そうか」

その時、事態は藍大達の望まない方向へと進んだ。

「キュ！」

サクラが天井を指差した。

「五百円玉⁉　いや、マネーバグか！」

「不味《まず》い。立石さんが気付いてねえぞ」

「キュキュ！」

「やれるのか、サクラ？」

私に任せろと胸を張るサクラだが、その足はブルブルと震えている。

それでも、藍大にやれるかと訊《き》かれたら震えが止まった。

主である藍大を守れるのは自分だけだと気持ちを奮い立たせて頷く。

「キュ」

「良し。サクラ、〈不幸招来《バッドラック》〉！」

「キャァァァッ！」

普段とは違う声が天井に張り付いたマネーバグに届き、不幸にも足を滑らせて天井から落ちた。

ひっくり返ってしまった亀の如《ごと》くマネーバグはじたばたする。

「裏側キモッ！」

マネーバグの背中側は硬貨そっくりだが、腹側は普通の虫だから虫嫌いな人にとって見たくないものだ。

「キュ！」

サクラが復讐《ふくしゅう》するは我にありと拾った石をマネーバグにガンガン投げ付ければ敵のHPが尽きた。

モンスターが倒されると死体はそのまま残るようだ。

『サクラのレベルが４つ上がってＬｖ５になりました』

『サクラが称号【運も実力のうち】を獲得しました』

システムメッセージが聞こえると、藍大はモンスター図鑑のサクラのページを開いた。

名前：サクラ　種族：バンシー

性別：雌　Ｌｖ：５

HP：80／80　MP：240／240
STR：40　VIT：40
DEX：80　AGI：60
INT：80　LUK：40（＋40）

称号：藍大の従魔
　運も実力のうち
アビリティ：〈不幸招来《バッドラック》〉
備考：ご機嫌

モンスター図鑑を見て藍大は従魔のレベルアップの仕組みを知った。

ゲームと同じ要領で従魔は戦闘によって経験値を獲得してレベルアップする。

その際、HPとMPは全快してどんなに酷い怪我《けが》を負っていたとしてもレベルアップしてしまえば元通りらしい。

称号の【運も実力のうち】とは、LUKの数値が倍になる効果がある。

獲得条件は、自身よりもレベルの高い相手にLUKの能力値で上回り、運によって相手を倒せた場合に手に入るというものだった。

「サクラ、よくやったな。偉いぞ」

「キュ～」

ボロボロにやられたリベンジを果たせたのでサクラはご機嫌だ。

藍大がサクラの頭を撫《な》でていると、戦闘を終えて舞が戻って来た。

「終わったよ～」

（戦闘中とのギャップが酷い）

いつもの雰囲気の舞を見て、藍大は気にしたら負けだと判断した。

「藍大、サクラちゃんが倒したマネーバグの死体を譲ってくれ。DMUで調べたい」

「良いけど立石さんが倒した奴等《やつら》はって、あぁ、うん、良いぞ」

「助かる」

茂がサクラの倒したマネーバグの死体を欲しがった理由を察して藍大は頷いた。

舞が倒したマネーバグは全てグチャグチャに潰されていたのだ。

マネーバグ自体が珍しいモンスターなので、茂は貴重な死体のサンプルを得られて思わぬ収穫に喜んだ。

制服のポケットから丈夫そうな袋を取り出すと、マネーバグの死体を中に入れた。

「藍大、悪いがこの後俺に同行してくれないか？　最初からマネーバグが出るようなダンジョンだし、上司に報告しておきたい。藍大に便宜を図るには必要なんだ」

「良いぜ」

「立石さんも一緒に来てもらえない？　証人として上司への報告を手伝ってほしいんだ」

「良いよ～」

藍大達はダンジョン探索を切り上げ、タクシーで東京の八王子にあるＤＭＵ本部へ移動した。

ＤＭＵ本部が八王子にあるのは日本で最初にダンジョンが発見されたので、有事の際に迅速に対応するためだ。

ＤＭＵ本部前で車から降り、茂の案内で藍大達は豪華なドアの部屋の前にやって来た。

「本部長、解析班の芹江です」

「入ってくれ」

「失礼します」

解析班の班長への報告だと思っていたが、実際にはＤＭＵのトップだったので藍大は内心冷や汗をかいていた。

しかし、部屋に入って目にした男性の姿にその緊張感が吹き飛んだ。

「小父《おじ》さん？」

「やあ、藍大君」

藍大が小父さんと呼んだのは、茂の父である芹江潤《じゅん》である。

「サプラ～イズ！」

「サプライズ過ぎるわ！　小父さんがDMUの本部長なの？　公務員だってことは知ってたけど」

「前任の本部長が汚職で捕まって私はその後任だよ。というか、茂が鑑定士だから都合が良いという上の判断だね」

「でも、小父さんはダンジョンの隣で勤務って平気なの？　冒険者じゃないよね？」

「霞ヶ関《かすみがせき》のギスギスした人間関係に比べたら全然平気だよ」

「そんな現実は聞きたくなかった」

潤の話を聞いて藍大の顔が引き攣《つ》った。

「本部長、そろそろ報告しても良いですか？」

「そうだな。芹江君、よろしく頼む」

たとえ親子だったとしても、勤務中は上司と部下だから茂は潤に敬語を使うらしい。

「シャングリラダンジョンは特殊なダンジョンでした」

「何が特殊なんだい？」

「特殊な点は三つです。一つ目はダンジョンの出入口のドアの開閉ができること、二つ目は藍大がドアを開けないとダンジョンに繋《つな》がらないこと、三つ目は入って最初に遭遇したのがマネーバグの群れだったことです」

「なるほど。他のダンジョンでは類似の報告を一度も受けてない。立石さん、今の話に間違いないね？」

「間違いないです」

「そうか」

「証拠のマネーバグの死体です。藍大の従魔サクラが倒しました」

茂は回収したマネーバグの死体を袋から取り出した。

「なんだって？　サクラちゃんがこのマネーバグを倒したのかい⁉」

「嘘《うそ》じゃないよ。サクラが頑張って倒したんだ」

潤は茂から藍大がテイムしたサクラについて事前に話を聞いていたが、攻撃に使えるアビリティはないはずだったので驚いた。

それでも、藍大の堂々とした態度から潤はそれが真実なのだろうと頷《うなず》いた。

「可愛らしい女の子だけど本当にバンシーなんだね」

「キュ……」

茂と同じく三白眼の潤を怖がってサクラは藍大の後ろに隠れた。

「小父さん、サクラを怖がらせないでくれよ」

「ごめんね。ついじっと見ちゃったんだ。というか、藍大君が珍しい情報を持ち過ぎてるんだ。情報料は適正価格を払うから、今までに知った情報を教えてほしい」

「わかった。わかる範囲で良ければ」

「助かるよ」

その後、潤は藍大から話を聞き終えると困ったような笑みを浮かべた。

「こんなにあるとはね。藍大君、私は立場上訊かざるを得ないのだけど、今後シャングリラの管理をDMUに任せたいかい？」

「俺はシャングリラの大家だから断る。店子《たなこ》さんもいるのに明け渡せないよ」

「キュ！」

「大家さん偉い！　よく言った！」

「ふーむ。芹江君、良いアイディアはあるかな？」

藍大にシャングリラの管理を任せたい潤は、藍大に任せるべき理由を探して茂に意見を求めた。

「あります。藍大はシャングリラダンジョンの鍵となる存在です。藍大がいれば一般人はダンジョンに入れませんし、中に入れる人を藍大が選べます。安全面から考えて藍大にシャングリラを管理させるべきでしょう」

「なるほど。ただ、反対意見を潰すには弱いんじゃないかな？　鍵のかかる珍しいダンジョンなんて、利権に食い込もうとする輩《やから》なら迷わず狙うよ？」

「DMUから轟《とどろき》と広瀬《ひろせ》を派遣しましょう。他の隊員と比べて腕が立ちますし、監視のアピールと藍大の護衛の意味合いがあります」

「轟君と広瀬君ってクセが強いけど大丈夫かい？」

「藍大なら大丈夫です」

潤は少しの間考えてから頷いた。

「わかった。藍大君、シャングリラに空き部屋ある？」

「一〇四号室と二〇一号室が空いてる。二〇二号室の人は旅行中で、二〇三、二〇四号室の人達は別々にダンジョン遠征中だったはず」

「なるほど。そこに轟君と広瀬君っていうDMUの隊員を住み込みで派遣して良い？　勿《もち》論《ろん》、家賃もしっかり払うから」

「はい喜んで！」

藍大にとっては懐《ふところ》的にも安全的にもありがたい話だが、舞は自分の実力が不足していると言われたように思えて面白くないようだ。

「私も守る！　というより、ぽっと出の人に大家さんを任せられないもん！」

「立石さん……」

「家賃がピンチの時は体で払えるよ！」

「護衛ＯＫってことですね、わかります」

ピンク色の妄想をする余地もなく、舞が家賃の代わりに自分の護衛をしてくれるのだと藍大は理解した。

その後、話は微調整があったもののほとんど茂の提案通りにまとまり、藍大が継続してシャングリラの管理と調査をすることになった。

派遣される二人は今外出中のため、情報料を受け取った藍大達は帰宅した。

◆◆◆

翌朝、藍大はサクラと舞と共にシャングリラダンジョンにやって来た。

昨日決めた通り、藍大がダンジョンに入る時は舞が家賃代わりに必ず護衛するのだ。

余談だが、冒険者として活動するなら専用のネット掲示板を使う権利が与えられる。

掲示板では情報交換や作戦会議、雑談が行われているがまだ藍大は使っていない。

とりあえず、シャングリラダンジョンに関する事柄は藍大と舞、ＤＭＵの一部のみが知る重要機密で掲示板への書き込みも含めて口外厳禁だ。

さて、フル装備の舞に対して藍大の服装はモンスターの糸で作られた耐久力の高いカーキ色のツナギだった。

藍大はテイムすべきモンスターがいた時、モンスター図鑑を被《かぶ》せるには両手が空いていた方が良いので武器を持たない。

その一方、サクラは攻撃用アビリティがないので一〇一号室で確保した子供用の金属バットを手に持つ。

ダンジョンに入った藍大達は舞、サクラ、藍大の縦並びで進む。

「マネーバグは何処《どこ》行った？」

「昨日はここら辺で遭遇したんだけど」

「キュ！」

「どうしたサクラ？　あそこ？」

「キュ」

サクラが指差した先には、硬めの泥でできたマネキンがダンジョンの壁に背中を張り付けながらゆっくりと藍大達の方に向かって来ていた。

「マディドールだね。あれもマネーバグ並みに珍しいよ」

「ここのダンジョンってスーパーレアだな」

「大家さんの日頃の行いのおかげだね」

「その発想はなかった」

「キュキュ」

何を雑談しているんだと注意するようにサクラが鳴くと、藍大と舞は雑談を止《や》めた。

「ごめんよサクラ。ところで、マディドールと戦いたい？」

「キュ！」

勿論だとサクラは頷く。

「わかった。立石さん、マディドールはあの一体だけみたいだしサクラが戦っても良い？」

「良いよ〜」

「ありがとう。んじゃ、ちょっと待ってて。マディドールを調べるから」

藍大はモンスター図鑑を開いた。

マネーバグと戦った昨日はうっかり忘れていたが、藍大は遭遇したモンスターのステータスをモンスター図鑑で調べられるのだ。

名前：なし　種族：マディドール
性別：雄　Lv：5
HP：40／40　MP：100／100
STR：30　VIT：30
DEX：10　AGI：20
INT：10　LUK：10

アビリティ：〈泥玉《マッドボール》〉

備考：擬態中

藍大は擬態できていないと心の中で備考欄にツッコんだ。

「サクラ、最初に〈不幸招来《バッドラック》〉だ。マディドールは〈泥玉《マッドボール》〉で攻撃するだろうから、バットで全部打ち落としてやれ」

「キュ」

「良い子だ。それじゃ頼むぞ」

サクラは息を吸って壁に張り付くマディドールに向かって叫んだ。

「キャァァァッ！」

その瞬間、マディドールのＬＵＫが尽きてサクラを攻撃しようとしたが不幸にも足を滑らせて転ぶ。

「サクラ、チャンス！」

「キュー！」

サクラが接近してバットで殴り続けると、マディドールが力尽きた。

『サクラのレベルが３つ上がってＬｖ８になりました』

「よくできたね」

藍大がサクラの頭を撫《な》でている間、舞はマディドールの泥を袋に回収していた。

「立石さん、その泥って売れるの？」

「マディドールの泥は女性に大人気の泥パックなの！」

美容品と聞いてサクラも黙っておらず、目を輝かせた物欲しそうな顔で藍大のツナギを引っ張った。

「キュ」

藍大は幼女も女なのだと理解した。

舞はマディドールの泥を詰めた袋にサクラの視線を感じると、笑顔でサクラに近寄る。

「ハグさせてくれたらサクラちゃんにこれあげるよ？」

「キュ」

舞に玩具《おもちゃ》にされたくないサクラはプイと視線を逸《そ》らした。

「フラれちゃった」

「立石さん、無理矢理は良くない。それよりも昨日と今日で違うモンスターが出た。シャングリラダンジョンの謎がまた増えたな」

「ダンジョンってモンスターが一種類しか出ない訳じゃないけど」


「キュ〜♪」

「ここはまさかの日替わりダンジョン？　金曜日はマネーバグで土曜日はマディドールだし」

「そうかも。明日は何が出るか楽しみだね」

「とりあえず、サクラがマディドールの泥を欲しがってるんでもう少し探索するよ」

「勿論」

その後、マディドールと何度か戦ってサクラはLv10まで成長した。

マディドールの泥を十分に確保できてから藍大達は昼前にダンジョンを脱出した。

その直後に茂から藍大に電話がかかって来た。

『やっと繋《つな》がった』

「すまんな。流石《さすが》にダンジョンまでは電波が届かないか」

『届く訳ないだろ。今日はどうだった？』

「マネーバグの代わりにマディドールが出た」

『マディドールだって⁉　またレアモンスターじゃねえか！』

レアなモンスターの名前が連続で飛び出せば、茂がそれを聞いて驚くのも無理はない。

「まだ仮説の段階だけど、シャングリラダンジョン日替わり説ってどうよ？」

『金曜日はマネーバグ、土曜日はマディドールか。でもな、サクラちゃんはどうなんだ？

金曜日とバンシーは関連しなくね？』

「サクラは従魔士のチュートリアルをするために現れたと考えた」

『藍大の侵入直後にモンスター図鑑が足元に現れたならあり得る。ところで、マディドールの泥は手に入れたか？　あれは女性に大人気だろ』

「ばっちりだ。立石さんとサクラが使う分を別にしても売る分は十分確保したぜ」

『素晴らしい。シャングリラ専用のアイテムショップを配置できないか本部長に打診しよう』

「それはありがたい」

アイテムショップとは、ダンジョン産の素材の買い取りや武器と消耗品の販売を行うDMU販売班が運営する店のことだ。

素材があちこちで売買されるのは困るから、DMUが販売班を結成して冒険者にとって便利な店を用意した。

シャングリラ近辺にはアイテムショップがないから、業務の効率化や情報漏洩《ろうえい》リスクをカットするため、茂はシャングリラの近くにそれを用意した方が良いと判断した。

『この件は話がまとまったら連絡する』

「頼む。それで、茂の用事は？」

『そうだ、昨日住み込みの護衛をシャングリラに派遣するって言ったろ？　その二人がそっちに向かったぞ』、

その時、シャングリラの目の前にタクシーが停《と》まった。

「丁度来たかもしれん」

『そうか。じゃあ、轟と広瀬と上手《うま》くやってくれ』

「了解」

電話を終えた藍大は、タクシーから降りて来た二人の方に視線をやった。

藍大を見たＤＭＵの制服姿の二人組は敬礼した。

「本日からお世話になります。拳闘士の轟麗奈《れいな》です」

「同じくお世話になります。槍士《やりし》の広瀬司《つかさ》です」

麗奈はお団子ヘアの茶髪の女性であり、武器を携帯していなかった。

司は黒髪でミニボブ、中性的どころか女顔であり、背は低めで槍は司には大きく感じる。

だが男だ。

容姿、声、仕草等、どこをとっても女性に見える。

だが男だ。

戦闘時の舞なんかよりも女らしい。

だが男だ。

女性用に見えるＤＭＵの制服が似合っている。

だが男だ。

（今日の昼は炒飯《チャーハン》にしよう。だが男だ）

くだらないことを考えていた藍大だが、気を取り直して自分も挨拶した。

「轟さんと広瀬さん、こちらこそよろしく。俺は逢魔藍大。シャングリラの大家だ。こっちは俺の従魔のサクラ」

「キュ！」

「私は立石舞。一〇三号室の住人で大家さんと芹江さんの協力者だよ」

「撲殺騎士⁉　本当にここに住んでたの⁉」

「僕達って要らなくない？」

「大家さんの前でその二つ名は駄目～」

「了解」

サクラが撲殺と聞いて藍大の陰に隠れてプルプル震えると、舞は安心させようとサクラに笑いかける。

「サクラちゃん、私は怖くないよ？」

「キュッキュ」

サクラはそんなことないと首を横に振る。

舞の二つ名と戦闘時の姿がマッチしてしまい、舞は怖い人と認定されてしまったようだ。

「立石さん、サクラが嫌がってるから止《や》めて」

「むぅ。大家さんにしか心を開かないのかな」

「キュ♪」

当然だとサクラは笑顔になり、それが舞をエスカレートさせるだろうと悟った藍大はサクラを抱っこしてそれを未然に防いだ。

「逢魔さんはサクラちゃんに本当に懐《なつ》かれてるんですね」

「僕も従魔士になりたかったです」

「轟さんも広瀬さんもタメ口で良いよ。シャングリラの住人にもなる訳だし」

「そう？　それは助かるわ。私のことは麗奈って呼んで。私も藍大って呼ぶから」

「じゃあ僕も名前呼びかな」

「待った！　私も藍大って呼ぶから藍大も私を舞って呼んで！」

自分だけ仲間外れは嫌なようで、舞は藍大に顔をグッと近づけながらそう言った。

舞は戦闘中にヒャッハーしていても普段は文句なしに美人なので、藍大は少し照れながら頷《うなず》いた。

「わかった。舞、これで良いか？」

「よろしい」

「よし、それなら麗奈と司を部屋に案内するか」

麗奈と司はタクシーの運転手からスーツケースを受け取ってから藍大にそれぞれ一〇四号室と二〇一号室に案内され、藍大が午後二時に一〇二号室に集合と言って一旦解散した。

藍大は炒飯を作ってサクラと一緒に食べて休憩し、午後二時には舞と麗奈、司を迎えた。諸々《もろもろ》の説明をした後、百聞は一見に如《し》かずだと言って藍大は一〇一号室のドアを麗奈に開けさせた後に自分でも開けた。

「これが外にバレたら不味《まず》いわ。私達が来て正解ね」

「僕達が派遣されたのも納得」

「飲猿《のみざる》と開拓者が何言ってんの？」

「撲殺騎士に言われたくない！」

「僕は悪くない。勘違いする方が悪い」

「全部二つ名？」

藍大は抱いた疑問をストレートにぶつけた。

「不本意ながら」

「遺憾ながら」

「残念ながら」

「みんな望んで付けられた訳じゃないのは察した」

舞が撲殺騎士、麗奈が飲猿、司が開拓者と呼ばれるようになったのは理由がある。

最初に舞の撲殺騎士だが、これは舞がモンスターを嬉々《きき》としてメイスで殴りまくっていたことで定着した。

普段はおとなしく可愛《かわい》いもの好きだから、撲殺騎士なんて物騒な二つ名を舞が嫌がるのも当然だ。

次に麗奈だが、ＤＭＵ内の飲み会で酔っぱらってパーティー全員を殴り飛ばした。

その時の動きが酔拳みたいでかの有名な映画から飲猿の二つ名が定着した。

最後に司の開拓者だが、司だけ二つ名が付いた理由が戦闘絡《がら》みではない。

司は容姿、声、仕草等、どこをとっても女性に見えるせいでよく美少女と勘違いされる。

そんな司が自分は男だと言っても告白する者が減らず、不特定多数の新たな扉を開いた者として開拓者と呼ばれた。

司が女性用に見える司専用の制服を着ているのも、男女問わず周囲の人間が司の制服は司専用であるべきだとゴリ押ししているだけで本人に女装趣味がある訳ではない。

「まあまあ。俺は二つ名で呼ばないからさ」

「「藍大……」」

舞達三人の藍大への好感度が上がった瞬間だった。

「キュ⁉」

サクラは藍大を取られたくないので、藍大の脚に抱き着く。

藍大はサクラの頭を撫《な》でて落ち着かせた後、舞達を連れて今日二回目のダンジョン探索を始める。

ダンジョンの通路は今のところ一本道であり、進んでいくとマディドールが五体現れた。

「マディドールがいる！」

「芹江さんが秘密にするのも納得だね」

「おわかりいただけただろうか」

「わかった！　倒したモンスター素材はその人の物だよね⁉」

「麗奈、どうどう」

「藍大の護衛だってこと忘れてない？」

「わ、忘れてないわ。勿論《もちろん》、私達は護衛よ」

舞が声をかけると、ようやく麗奈も落ち着きを取り戻した。

今日は説明のために麗奈と司を連れてきたが、明日以降は片方が藍大とサクラ、舞とダンジョンに入ってもう片方が連絡役と防衛のためにシャングリラで待機する。

それを考慮した藍大は、麗奈のために提案することにした。

「じゃあ俺を除いて全員一体ずつ倒す。残り一体は早い者勝ち。マディドールの泥は倒した人の物でどう？」

「「賛成！」」

「キュ！」

「行くぜオラァ！」

「待ってて私の美肌！」

「キャァァァッ！」

舞と麗奈、サクラが早速攻撃を始めた。

「ねぇ、舞も麗奈も護衛ってこと忘れてない？」

司は困り顔のまま藍大の隣から槍を投げてマディドールを仕留めた。

既に舞が二体倒し、麗奈も一体倒しており、残りはサクラが戦っている一体だけである。

「キュ！」

サクラのフルスイングが上手く決まって最後の一体も力尽きた。

「舞に負けた」

「勝利！」

「キュ……」

「いつから討伐勝負になったのかな？　護衛だよね？」

「攻撃は最大の防御だと思うの」

「ワスレテナイヨ、ホントダヨ」

「キュキュ！」

司のジト目に舞と麗奈、サクラは言い訳した。

舞は果敢に攻めていたとしても守りは意識しているが、麗奈は完全にマディドールの泥に目が眩《くら》んでいたようだ。

サクラは自分が敵を多く倒せば藍大は安全なんだと主張しているかのように鳴いていた。

「まあまあ。今回だけは見逃してあげよう。なっ、司」

「はぁ。藍大が良いなら仕方ないね」

「藍大ありがとう！」

「藍大素敵！　女の味方！　司は女の敵！」

「なんで僕が女の敵なの？」

「狙ってた男が司に告ったのを私は忘れない」

「僕に言われても困る。僕は悪くないじゃん」

その後、藍大達は初めて分かれ道に行き当たった。

「どっちに行けば良いんだ？」

悩む藍大の服をサクラが引っ張る。

「キュ」

サクラは左の道を指差した。

「地図は絶賛作成中だし、サクラが示す方に行こう」

「キュ♪」

道を進むと広場があり、そこにはマディドールが大量にいた。

「マディドールがいっぱいいるね～」

「美肌、モテモテ、玉《たま》の輿《こし》」

「モンスター部屋だね」

「サクラはレベルアップしたいのか？」

「キュ！」

その通りだとサクラはサムズアップした。

「サクラと舞、麗奈は好きに戦って。司は悪いけど俺の護衛で残って」

「ヒャッハァァァァァッ！」

「泥を寄越しなさい！」

「キャァァァッ！」

舞と麗奈が討伐スコアを伸ばす一方、サクラも〈不幸招来《バッドラック》〉でLUKを削って隙を作り、金属バットで滅多打ちにする。

『サクラのレベルが5つ上がってLv15になりました』

『サクラが進化条件を満たしました』

「サクラ、進化できるって」

「キュ～♪」

藍大はやったねと喜ぶサクラを抱っこして労《ねぎら》う。

それからモンスター図鑑を見ると、サクラのページの備考欄に進化可能の文字があり、それを押せば進化できるようだ。

「サクラ、進化させるぞ」

「キュ！」

藍大は金属バットを受け取ってからサクラを進化させる。

サクラの体が光に包まれ、その中で姿が幼女から少女へと成長した。

光が収まると、背中から小さい蝙蝠《こうもり》の翼が生えており、服装は上下黒の半袖ジャケットとショートパンツという露出の激しいスタイルになっていた。

ピンク色の髪は少し濃くなり、目の色は金色だ。

進化したサクラは藍大に抱き着く。

「主、大好き！」

「サクラが喋《しゃべ》った⁉」

『サクラがバンシーからリリムに進化しました』

『サクラがアビリティ：〈闇弾《ダークバレット》〉を会得《えとく》しました』

藍大は進化したサクラのステータスを確かめた。

名前：サクラ　種族：リリム
性別：雌　Lv：15

HP：170／170　MP：330／330
STR：130　VIT：130
DEX：130　AGI：150
INT：170　LUK：130（＋130）

称号：藍大の従魔
　運も実力のうち
アビリティ：〈不幸招来《バッドラック》〉〈闇弾《ダークバレット》〉
備考：幸福

新たに会得した〈闇弾《ダークバレット》〉はMPを消費して闇属性の魔弾を発射する攻撃だ。

これでサクラは金属バットを振るわずに済む。

「おぉ、強くなったな」

「主、守る。私、頑張る」

「そうか。良い子だな」

「エヘへ」

頭を撫でられて喜ぶところはバンシーの時と同じだ。

「サクラちゃん、大きくなったね～」

「舞、嫌《や》」

「え～？」

「戦う姿が野蛮だからよ。私はそんなことないよね？」

「麗奈、嫌《や》」

「そんなぁ」

「二人共野蛮だからじゃない？」

「司、普通」

「普通かぁ」

嫌と言われた舞と麗奈、この場合の普通は良い意味ではないと悟った司がどんよりするが、サクラは気にせずに藍大に抱き着く。

「私、主大好き。助けて、くれた。ポカポカ」

「テイムした時のこと？」

「うん！」

テイムによる治療がサクラの藍大への好感度を爆上げさせたらしい。

「主、ずっと、一緒」

「よしよし。ずっと一緒だ」

藍大はサクラを抱っこしつつ、ふと気になることがあって舞に訊《たず》ねた。

「舞、サクラ以外のモンスターで進化するとこって見たことある？」

「う〜ん、見たことないかな」

「じゃあ、進化は新発見？」

「新発見だね」

「そっか。今度はいくら貰《もら》えるかな？」

マイペースな藍大と舞のやり取りを見て、司は口を挟まずにはいられなかった。

「これって大発見だよ⁉　なんでこんなのんびりしてるの⁉」

「藍大が従魔士になったこと自体が史上初で、シャングリラダンジョンも新発見だよ？」

「そうね。全部驚いてたら疲れるわ」

「はぁ、なんでそんなにあっさりしてるのさ。僕がおかしいの？」

藍大は覚醒するまで時間がかかり、他の冒険者に比べて常識が欠けていても仕方ない。

だが、舞は冒険者として名が売れていて、麗奈はＤＭＵに所属しているのだからもう少し緊張感があって良いのではないだろうか。

司が呆《あき》れて溜息《ためいき》をつきたくなるのも頷《うなず》ける。

その時、サクラがピクッと反応した。

「サクラ？」

「主、敵、来る」

警戒するサクラの言った通りにマディドールが三体現れた。

「この三体はサクラの新アビリティの実験台にする」

「は〜い」

「了解」

「わかった」

「助かる。サクラ、先頭のマディドールに〈闇弾《ダークバレット》〉」

「えい！」

可愛《かわい》らしい掛け声とともに、黒い弾丸が出現して先頭のマディドールの頭をぶち抜いた。

(どう見てもオーバーキルです。ありがとうございます)

とは言いつつサクラが強くなって藍大は喜んでいる。

「サクラ、残りも全部やっちゃえ」

「えい！　そりゃ！」

残りのマディドール達もそれぞれ泥の小山になった。

「主、勝った！」

「サクラ、グッジョブ！」

「これ、もしかして私達要らない？」

「その可能性は否《いな》めない」

「藍大の敵はモンスター以外にもいるんだよ」

麗奈も司も所在なげだったが、舞は藍大の敵はモンスターだけではないと口にして二人を励ました。

マディドールの泥をどっさり回収した後、藍大達はダンジョンを脱出することにした。

冒険者資格を取る際、「まだ行けるは危険信号」という言葉が度々藍大の目に留まった。

これは冒険者が無駄死にしないようにという政府の願いが込められた標語なのだが、あながち馬鹿にしたものでもない。

分かれ道のところまで戻って来た時にサクラがピクッと反応した。

「主、何かいる。強いの」

「あれか」

サクラが感じた気配の正体は前方に見える人間大の丸い焦げ茶色の岩だ。

その岩の両端からマッシブな腕が生えて正面には単眼が現れ、そのモンスターから強者の気配が感じられた。

「誰かあのモンスター知ってる？」

「ごめん、知らない」

「僕も知らない」

「ＤＭＵのデータベースでも見たことない」

舞達も初見だとわかると、藍大は早速モンスター図鑑を開いた。

名前：なし　種族：マッシブロック
性別：雄　Ｌｖ：15

HP：200／200　MP：330／300
STR：160　VIT：160
DEX：100　AGI：100
INT：160　LUK：100

称号：掃除屋
アビリティ：〈回転攻撃《スピンアタック》〉〈岩弾《ロックバレット》〉
備考：不機嫌

藍大が【掃除屋】について確認してみると、ダンジョン内で同種のモンスターを倒し続けた者達を排除すべくダンジョンに解き放たれるモンスターだと判明した。

「これがマッシブロックのステータスだ。STR《力》とVIT《生命力》、INT《知力》が高い」

藍大にモンスター図鑑を見せてもらうと、舞達の顔が引き攣《つ》った。

「【掃除屋】だったんだ～。言われてみれば納得かも」

「岩相手に肉弾戦かぁ」

「槍《やり》が通るかな」

舞達にとって敵が【掃除屋】であることよりもその体が岩であることの方が問題だった。

自分達の攻撃が岩の体に通るのか心配らしい。

だが、藍大には勝算があった。

「大丈夫。能力値を計算してみたけど、サクラの攻撃が二十回当たれば勝てる計算だ。だから、時間稼ぎに当たってくれ」

「「了解！」」

「頼むぞサクラ。今回はサクラが頼りだ」

「頑張る！」

マッシブロックの目が光り、岩の弾丸が創られて発射される。

「やらせねえぞコラァ！」

戦闘モードに入った舞がメイスで岩の弾丸を打ち返した。

自分のアビリティが打ち返されてマッシブロックは動揺した。

「えい！」

サクラが〈闇弾《ダークバレット》〉を放つと、マッシブロックが腕で目をガードした。

「今の見たか？　目を庇《かば》ったな。弱点っぽいぞ」

「その可能性が高そうね」

「間違いないでしょ」

そのやり取りにより、藍大と麗奈、司がとても良い笑顔になる。

「サクラ、〈不幸招来《バッドラック》〉だ！」

「地獄行き！」

サクラがバンシーだった頃は叫んで発動した〈不幸招来《バッドラック》〉だったが、進化により「地獄行き」がトリガーに変わった。

〈不幸招来《バッドラック》〉でマッシブロックは不幸状態になった。

マッシブロックが〈回転攻撃《スピンアタック》〉を発動すると、力加減を誤って壁に激突する。

「ヒャッハァッ！　目ががら空きだぜぇぇぇっ！」

舞がマッシブロックの目にメイスを振り抜く。

マッシブロックは痛みに反応して〈岩　弾《ロックバレット》〉を乱発した。

「ヤバい！　藍大を守らなきゃ！」

「岩を撃ち落とす！」

「えいっ！」

（うわっ……俺の頼りなさ、ヤバ過ぎ……？）

藍大が自虐的なコメントを心の中で述べていると、麗奈と司が体を張って岩の弾丸を撃ち落とし、サクラは早く戦いが終わるようにマッシブロックを攻撃する。

「追撃すんぜゴラァ！」

怯《おび》えたマッシブロックは舞の声がする方向に〈回転攻撃《スピンアタック》〉を発動した。

「ぐっ⁉」

舞の振り下ろしを弾いて彼女のバランスを崩し、盾で咄嗟《とっさ》に防ぐも舞は後方に吹き飛ばされた。

「舞！」

藍大は倒れている舞に駆け寄ったが、それはヘイトを稼いだ舞に近づく邪魔者としてマッシブロックに認定された。

「やらせない！」

「僕だって！」

麗奈と司がマッシブロックとの距離を詰め、それぞれ目に向かって拳や槍を突き出す。

二人のおかげで舞と藍大は敵のターゲットから一時的に外れた。

「えい！」

サクラの〈闇弾《ダークバレット》〉が目に直撃したことで、マッシブロックはあまりの痛みに跳び上がり、着地の瞬間に不幸状態の影響で仰向けに転んでしまった。

「舞、大丈夫か⁉ しっかりしろ！」

「くっ、問題ねえ！」

舞はこのぐらいの痛みなら耐えられると立ち上がり、マッシブロックと距離を詰めてその勢いに乗ってメイスを振り下ろす。

目を守ろうとマッシブロックが右腕で防いだが、舞の渾身《こんしん》の一撃で右腕が破壊された。

「そりゃ！」

「罅《ひび》入った」

「くたばれゴラァ！」

麗奈と司の攻撃で左腕に罅が生じると、舞の振り下ろしがマッシブロックの左腕を壊した。

「当たれ！」

サクラの〈闇弾《ダークバレット》〉がマッシブロックの目を貫き、体がバラバラに砕けた。

「主、勝った！」

「よっしゃぁぁ！」

「勝ったわ！」

「ふぅ……」

『サクラのレベルが3つ上がってLv18になりました』

『サクラの称号【運も実力のうち】が称号【幸運喰《ぐ》らい】に上書きされました』

藍大は抱き着いて来たサクラの頭を撫《な》でた。

「よく頑張ったな、サクラ」

「うん！　主、私、頑張った！」

サクラがデレデレになるまで褒めた後、藍大は戦闘モードから戻った舞が心配になって声をかけた。

「舞は大丈夫？　結構痛そうだったんだけど」

「なんとかね〜。藍大が声をかけてくれなかったらヤバかったかも〜」

舞は自分が守るべき藍大に声をかけてもらい、改めて自分が守らなければ藍大が危険だと気合を入れ直せた。

そう考えると藍大が舞に騎士としての存在意義を再確認させたと言えよう。

また、危険だとわかっても自分を心配して駆けつけてくれた藍大の行動に舞は嬉《うれ》しく思った。

「俺も少しは役に立てて良かったわ」

「藍大の情報は武器だよ。藍大が敵の情報を暴いてくれたから勝てたんだよ」

「そうね。情報があるのとないのとじゃ全然違うわ」

「僕も同感。適材適所」

「主、すごい！」

「ありがとう、みんな」

その後、藍大達は戦利品を回収してからダンジョンを脱出した。

ダンジョンから脱出して一〇二号室に戻ると、藍大は茂に連絡した。

『藍大か？』

「おう。午後もダンジョンに入ったんだが、【掃除屋】のマッシブロックに遭遇した」

『【掃除屋】だと⁉　全員無事なのか⁉』

茂も【掃除屋】という危険な存在は知っており、藍大達が怪我《けが》していないか心配した様子だった。

「どうにかな。舞が軽傷を負ったぐらいだ」

『そりゃ良かった。つーか呼び捨てにしてるの？』

「麗奈と司とフランクに呼び合ってたら、舞が自分も下の名前で呼べってさ」

『仲間外れは良くないもんな。それで、マッシブロックってどんな奴《やつ》だった？』

「舞達も初見だったんだが茂もか。外見は大きな丸い岩で両端から腕が生えてる感じ。正面に大きな一つ目がある」

『初めて聞くモンスターだ。その死体は持ち帰って来てたりする？』

「バラバラの破片で良ければあるぞ」

『グッジョブ。それは是非とも買い取りたい』

茂が声を弾ませるが、藍大は少し困ったような声で応じた。

「別に良いんだけど、解析班に一部流すから残りで舞のメイスと盾を作ってくれないか？舞の戦力を上げておきたい」

『了解。職人班に連絡しとくから一旦全部渡してくれ。解析に必要な分だけ俺が預かり、残りは職人班に加工を依頼する』

「助かる。代金は諸々《もろもろ》の報酬から天引きで頼む」

『お前が払うのかよ。まさか、立石さんに惚《ほ》れたの？』

材料を持ち込めば設備費だけで済むから少しはマシになるが、それでもダンジョン産の素材の加工費は高い。

それを負担するつもりの藍大に茂は舞に惚れたのかと訊《き》いた。

「違う。舞の護衛は善意だろ？　ＤＭＵから俺の護衛報酬は貰《もら》ってるかもしれないが、舞に俺を護衛しなきゃならない理由はない」

『確かに』

「しかも、俺の予想が正しければ舞が今月自由にできる金額はほとんどないはず」

『藍大、立石さんの懐《ふところ》事情把握してんの？』

「大家やるなら必須スキルだ。家賃の回収ができないと困るからな。まあ、舞が金欠で装備が不十分って事態は避けたいのさ」

『なるほど。理解した。他に何か話しておくことはあるか？』

「そうだな、サクラが進化したことかな」

『進化⁉　なんだそれ⁉　クラスアップじゃないのか⁉』

「違うね。サクラがバンシーからリリムに進化したんだ」

『まーた爆弾をぶち込んでくれたぜ。胃に悪い』

「まだまだ驚いてもらおう。サクラが喋《しゃべ》れるようになったんだ。サクラ、ビデオ通話にしたら茂に喋ってみて」

ビデオ通話に設定を変えると、藍大は膝の上のサクラと自分が映るようにスマホをスタンドに立てかけた。

『その絵面はロリコン認定待ったなしじゃね？』

「誰がロリコンだ。違うよな、サクラ？」

「うん。茂、嫌《や》。主、悪く言う。駄目」

「ププッ、嫌われてやんの」

『ほっとけ。それにしても、モンスターは進化するのか。従魔なら嬉しいけど敵なら厄介だぜ』

「それな。さっき言い忘れたんだけど、マッシブロックの破片の中にあったこれって魔石だろ？」

藍大は思い出したようにポケットから紫色の石を取り出し、画面に映るようにした。

『魔石だ。【掃除屋】ならあって当然か。モンスターは魔石を取り込むと強くなるからサクラちゃんに食わせてやれ。本当は売ってほしいけど、それで藍大の安全が買えるなら安い』

「訂正。茂、良い人」

『そりゃどうも』

「主、食べさせて」

「ほれ。あ〜ん」

「あ〜ん。んん〜♪」

艶《あで》やかな表情で魔石をゴクリと飲み込むと、サクラの小学生ぐらいだった体が中学生なり立てぐらいの大きさへと変わった。

『うん、これはエロいな』

「お前の方がロリコンじゃねえか！」

『違うから！　大体リリムって夢魔だぞ⁉　そういう生態なんだ！』

「お巡りさんこいつです！」

『サクラがアビリティ：〈魅了《チャーム》〉を会得《えとく》しました』

（サクラがロリコン製造機になっちまった）

藍大は内心冷や汗ダラダラである。

〈魅了《チャーム》〉を大きいお友達に使えば、熟練度が上がれば上がる程大変なことになるリスクが高まるからだ。

「ヤバい、サクラが〈魅了《チャーム》〉を会得した」

『だからといってサクラに手を出すなよ？』

「主、これでメロメロ」

「サクラ、俺に〈魅了《チャーム》〉使うの禁止。使わなくても俺はサクラを手放したりしないから」

「主、好き！」

サクラが笑顔になって抱き着くと、魔石を食べる前にはなかった微《かす》かな膨らみが自分の体に触れて藍大は深呼吸した。

（素数を数えて落ち着くんだ）

藍大は心が静まるまで素数を数え続けた。

「茂、報告は終わってない。サクラの【運も実力のうち】って称号が【幸運喰らい】に上書きされた」

『称号の上書きか。どんな風になった？』

「称号獲得者のＬＵＫ《運》の数値が倍になって、敵のＬＵＫを減少させた分だけ称号取得者のＭＰが回復するってよ」

『有効な称号だが他人の不幸で飯が美味《うま》いってエグいな』

【幸運喰らい】が作用すれば、サクラが〈不幸招来《バッドラック》〉を使うと一時的にサクラのＭＰが増えることを意味する。

〈闇弾《ダークバレット》〉を使って攻撃するスタイルになったサクラにとって、【幸運喰らい】の効果は自分のためにあるようなものだ。

敵のLUKを奪って増やしたMPで攻撃するなんて、サクラの悪女化が進行していると言えよう。

「まあ、サクラが強くなったってことで良いじゃないか」

『そうだな。あっ、俺からも連絡しておくことがあったわ。シャングリラの二〇二号室に薬師寺奈美《やくしじなみ》さんっているよな?』

「いるね」

『彼女はDMUのアイテムショップの店員なんだ』

「そっか。薬師寺さん、キョドるし偶《たま》に言葉キツいし、俺と目を合わせてくれないしで話が進まないんだ。必要最低限の交流しかしてないからすっかり忘れてた」

『それな』

「あの人と話したことあったのか?」

『おう。シャングリラ専用のアイテムショップを開くに当たって、薬師寺さんに任せてはどうかって話になったんだ。元からシャングリラに住んでるなら秘密保持の誓約書を書かせる人が減らせるし』

「確かにな。それで、薬師寺さんはなんだって？」

『なんとか承諾してもらえた。とりあえず、シャングリラの隣にある倉庫を出張所にするから、彼女には明日からそこで働いてもらう。丁度今日が帰宅予定だったらしいしな』

「随分強引じゃん。説得の時間はどれぐらいかかった？」

『悪戯《いたずら》電話じゃない証明とシャングリラダンジョンが出現したことの説明、出張所の店員になってほしいと頼むのに合計二時間』

「うん、お疲れ」

『疲れたわ。明日から隣のアイテムショップを利用してくれ。それじゃ』

茂との話が終わって藍大は電話を切った。

その直後にインターホンが鳴った。

「藍大、大変だよ！」

玄関のドアを藍大が開けた途端、舞はタブレットを藍大に突き出した。

「何事？」

「掲示板見て！　藍大とサクラちゃんの情報が洩《も》れてる！」

「マジ？」

「マジ！　一緒に見て！」

そう言うと、舞は靴を脱いで藍大の家に上がり込んだ。

藍大は舞が持って来たタブレットで冒険者専用の掲示板を一緒に見始める。

◆◆◆

【バンシー発見】モンスターテイムスレ@1【DMU本部】

1.名無しの冒険者

ロリショージョ、いや、バンシー見つけた！

つ（写真）

2.名無しの冒険者

撲殺騎士とDMUの制服の奴は良いとして、バンシーと手を繋《つな》いでるツナギの男は誰？

3.名無しの冒険者

テイム以外にモンスターがあそこまで懐《なつ》かないと思うけど、テイムって実現不可能って結論出てなかった？

俺はテイムを試みた先人達の雄姿を忘れない

つ（動画）

4. 名無しの冒険者
キラードッグの餌付《えづ》けチャレンジで手ごと食い千切られたみんなのトラウマ動画やんけ

5. 名無しの冒険者
動画の冒険者はテイムとは茨の道だと俺達に伝えるための犠牲となったのだ

6. バンシーを見つけた冒険者
バンシーが出るダンジョンなんて日本にあったっけ？

発見したダンジョンは速やかにDMUに連絡するのが決まりなんだが俺の記憶にはそんなダンジョンない

7. 名無しの冒険者
お義父《とう》さんは新しいダンジョンを見つけた一般の冒険者だろうなということでお義父さん、ロリショージョを僕に下さい！

8. バンシーを見つけた冒険者
変態には巣に帰ってもらうとして、なんでバンシーが出るダンジョンをお義父さんはDMUに公表しないの？

9. 名無しの冒険者
一般論と俺理論を用意したけどどっちが聞きたい？

10．名無しの冒険者
俺理論
11．バンシーを見つけた冒険者
順番におねしゃす
12．名無しの冒険者
一般論：公にできない場所にダンジョンが発生したかＤＭＵも調査中
俺理論：お義父さんがＤＭＵ関係者で秘匿を希望した
とまあこんな感じだが、まずはテイムの方法が知りたいところだ

◆◆◆

「誰がお義父さんだ」

「主は主。お義父さん、違う」

「だよな」

サクラの頭を撫《な》でて機嫌を直すように促していると、舞が困った表情で声をかけて来た。

「ほらね、情報が洩れてたでしょ？」

「ヤバいね。茂に連絡するわ」

藍大は再び茂に連絡した。

『何か伝え忘れでもあったか？』

「茂、掲示板に俺達のことが洩れてるぞ」

『はぁっ⁉　なんてスレだ⁉』

「モンスターテイムスレ。俺達の盗撮写真が出回ってるんだが」

『……これかぁ。担当部門に連絡しねえとな。まったく、余計な仕事増やしやがって』

該当するスレッドを見つけたらしく、茂は舌打ちした。

「このスレッド潰せる？」

『潰せるけど既に俺達がＤＭＵ本部に入る時の写真は流れてる。個別に保存されてたら手が出せねえ』

「ＤＭＵのセキュリティどうなってんだよ」

『すまん。だが、この写真を撮った奴《やつ》の心当たりならある。俺の仕事を増やしたことを後悔させてやる』

「お、おう。頼むわ」

『任せろ』

増えた仕事を処理するべく、茂が電話を切った。

「どうしよう？　私達、目立ったせいで外に出られないよ」

「ダンジョン関連は大丈夫。隣の土地の倉庫が明日からアイテムショップ出張所になる。店員は二〇二号室の薬師寺さんでコミュニケーションに難ありだけど」

「あぁ、薬師寺ちゃんってアイテムショップの店員だったね。芹江さんは仕事できるね〜」

　薬師寺奈美と面識がない訳ではないから舞も安心した。

　ホッとしたせいなのか、舞の腹から雷と勘違いしそうな音が鳴った。

「舞、ちゃんとご飯食べてる？　今日食べた物を朝から順番に答えて」

「朝ご飯はパンの耳。昼ご飯はパンの耳と焼肉のタレをかけたもやし」

「おいおい、来月まで五日もあるんだぞ？　なんでそんなに金欠なの？」

「無駄遣いじゃないよ。メイスと盾の修理代を借金してて手元に残らないの。でも、藍大の護衛をした昨日の分で完済したんだよ。今日の分がまだ入金されないから何も買えなくて……」

　激しい戦闘だったがあれでも本調子ではないとわかると、藍大は乾いた笑みを浮かべてしまった。

　自分が舞に守ってもらわなければ大怪我《けが》をしていた自覚があったので、藍大は舞に夕食をご馳走《ちそう》することに決めた。

「しょうがないな。今日の夕飯は食ってけよ。どうせ今夜も大したもん食えないだろ？」

「良いの⁉　良かった～！　晩ご飯はパンの耳と焼肉のタレをかけた豆苗の予定だったの！」

「……いっぱい食って良いぞ。その代わりに明日も頼む」

「うん！　ありがと～！」

その後、舞がまともな食事にありつけて嬉《うれ》し涙を流したのは言うまでもない。

二章　大家さん、クランを立ち上げる

翌朝、藍大《らんた》達がシャングリラ横の倉庫に入ると、内装はしっかりした店だった。

レジには紫髪で青白い肌の眼鏡をかけた女性がいる。

「い、いらっしゃい」

「薬師寺《やくしじ》さんおはよう。先に買い取りを頼む。それと茂《しげる》にマッシブロックの破片の配送も」

「は、はい」

売るのはマディドールの泥であり、マッシブロックの破片は茂宛てに配送だ。

マディドールの泥の品質を確認してから奈美《なみ》は代金を用意した。

「よ、四十万円です。カ、カード振り込みで良いですか？」

「うん。四等分でお願い」

「わ、わかりました」

カードとは冒険者証明書のことで、キャッシュレス決済ができるからカードと呼ばれる。

「臨時収入だ～！」

「酒代ゲットよ！」

「ねえ、少しは貯金したらどうなの？」

司《つかさ》の言葉に舞《まい》と麗奈《れいな》は目を逸《そ》らした。

舞の金欠は戦闘スタイルによる弊害だと知っているが、麗奈は酔って暴れたせいで飲猿なんて不名誉な二つ名を得ているのだから麗奈の方が心配だ。

「お、大家さん、ちょっと良いですか？」

「何かな薬師寺さん？」

「ほ、本当にシャングリラに、ダ、ダンジョンが出たんですか？」

「信じられない？」

「べ、別に、大家さんを疑ってる訳じゃないです。た、ただ、常識的に考えて頭おかしいです」

（出た、キョドり毒舌）

キョドっているのに毒を吐くという奈美の話し方は短気な者にとって非情に相性が悪い。

「俺が大家の仕事をしてるのに他所《よそ》のダンジョンまで出向いてサクラをテイムできると思う？」

「む、難しいですね。ご、ごめんなさい」

「主、私、助けた」

「え？　どういうことですか？」

「俺が最初にダンジョンに入った時にサクラが倒れてたんだ。それで、テイムして治療したんだよ」

「な、なるほど。よ、良かったですね、サクラさん。お、大家さんは、優しい人ですよ」

「うん！　主、大好き！　この人、良い人！」

サクラは藍大を良い人と認定するか仲が良い人を良い人と捉える傾向がある。

そんな傾向になるのもサクラがボロボロになっていたところを藍大に助けられ、今もこうして藍大に大切に育てられているから当然だろう。

「異議あり！」

「舞、麗奈も落ち着け。薬師寺さんが怯《おび》えてるぞ」

「ごめんね～」

「ごめん」

「い、いえ、立石《たていし》さんぐらいの美人からすれば、私なんてブスですから。も、もう一人の方も美人ですし」

「薬師寺さんはブスじゃないよ」

「そうだよ。薬師寺ちゃんはメイクさえ覚えればきっと化けるよ」

「そうね。不健康そうにしてなきゃ素材は良いと思うわ」

実際のところ、奈美は決してブスではない。

病的なまでに青白い肌と野暮ったい髪型をどうにかすれば化ける可能性を秘めている。

そんな中、司は別のアプローチで奈美を立て直そうとしていた。

「自己紹介がまだでしたね。僕は広瀬《ひろせ》司。二〇一号室に住むDMUの隊員です。よろしく」

「轟《とどろき》麗奈よ。一〇四号室に住むDMU隊員ね。よろしく」

「こ、こちらこそ遅くなりました。わ、私は二〇二号室の薬師寺奈美です。でぃ、DMU販売班です。よ、よろしくお願いします」

司のアプローチが功を奏し、奈美はどうにか立ち直った。

挨拶とは本当に偉大なものである。

「薬師寺さん、俺の防具を見繕ってもらえない？　予算は五万円で」

「わ、わかりました。お、大家さんは従魔士ですから、く、鎖帷子《くさりかたびら》をお勧めします。ツ、ツナギの下に着てみてはどうでしょう？」

「わかった。サイズが合う物を買うよ」

「は、はい。お、お買い上げありがとうございます」

藍大は代金を払ってツナギの下に鎖帷子を着た。

今度は麗奈が口を開いた。

「薬師寺さん、このガントレットは新作？」

「は、はい。きょ、今日入庫された物です」

「いくらかしら？」

「に、二十万円です」

「そんなにするの⁉　これを買ったら酒代がなくなっちゃうわ！」

「あのあの、い、命よりも酒優先なんて、そ、その頭の中は空っぽなんですか？」

（キョドり毒舌再登場か。さて、麗奈はどう反応するかな？）

藍大や舞は初めてではないので奈美の喋《しゃべ》り方に耐性があるが、麗奈は奈美に個人的に毒を吐かれるのが初めてだ。

暴れそうになったら止めるつもりではあるものの、シャングリラの住民同士の関係性を把握するためにも藍大はギリギリまで見守るつもりである。

「失礼ね！　中身は入ってるわ！」

「薬師寺さんの口調はキツいけど言ってることは正しい。麗奈は一時の快楽のために命を捨てるの？」

奈美と司の言葉で頭が冷えた麗奈は言い返せなかった。

「命を取るわ。さっきのは冗談よ。薬師寺さん、サイズ調整手伝って。それを買うわ」

「は、はい」

冗談に聞こえなかったから奈美と司が待ったをかけた訳だが、このタイミングで口を挟んだら事態を混ぜっ返すことになりかねない。

藍大は何も言わずに麗奈が試着して購入するのを見守った。

その隣で舞が小さな声で言った。

「良かったね、麗奈が冷静になってくれて」

「まあね。自分達で解決してくれるのがベストだ。大家は家賃さえ払ってもらえればそれで良いのさ」

「なんでそこで悪ぶるかなぁ。藍大が優しいのはシャングリラのみんなが知ってるよ。昨日も金欠の私にご飯用意してくれたし」

「べ、別に舞のためって訳じゃないぞ。そう、俺の精神衛生上、無視できなかっただけだ」

「照れちゃってもう。素直じゃないな〜」

舞が真っ赤になった藍大の頬を指で突《つつ》くとサクラが抗議した。

「舞、誘惑、駄目」

「サクラちゃんってば嫉妬しちゃった〜？」

「主、私から、取る、駄目」

「舞、サクラを揶揄《からか》わないで」

「は〜い」

悪戯《いたずら》っぽい笑みを浮かべた舞は藍大に注意されるとそれ以上サクラを揶揄わなかった。

麗奈がガントレットを買って装着したら、今日もダンジョンに行く時間である。

司はシャングリラの警護でその場に残り、その前に奈美が茂に送る品の運搬を手伝った。

それ以外のメンバーがダンジョンに移動すると、早々にモンスターに遭遇した。

「光る卵だ。デカくね？」

「あれはエッグランナーだよ。殻の底から足が生えてるの」

「ホントだ！」

「卵の殻が高く売れるわ。中身のヒヨコの肉は食材扱いされてるの」

藍大は舞から説明を聞きつつモンスター図鑑で鑑定する。

名前：なし　種族：エッグランナー
性別：雄　Lv：5

HP：40／40　MP：80／80
STR：30　VIT：30
DEX：10　AGI：50
INT：0　LUK：10

アビリティ：〈突撃《ブリッツ》〉

備考：突撃中

攻撃手段が走って突撃するだけというエッグランナーに対し、藍大は心の中で特攻野郎かとツッコミを入れた。

「舞、麗奈、あれはサクラにやらせてくれ」

「了解」

「サクラ、早速出番だ。〈魅了《チャーム》〉の試し撃ちしようぜ」

「うん！　萌《も》え萌え〜！」

「えっ、そんな掛け声で良いの？」

藍大が目を点にしてツッコんでいる間に、ピンクのハートがエッグランナーに命中してエッグランナーが立ち止まった。

「後は普通に倒しちゃえ」

「わかった。えいやっ」

「ピヨォッ！」

〈闇弾《ダークバレット》〉がエッグランナーに命中して卵の殻が割れ、その中から黄色いヒヨコの死体が出て来た。

「サクラ、ナイスファイト」

「頑張った〜」

藍大はサクラが褒めてほしそうだったので頭を撫《な》でた。

戦利品を回収して探索を再開すると、通路の奥からエッグランナーが続々と走って来た。

「サクラ、先頭のエッグランナーに〈魅了《チャーム》〉を使うんだ」

「わかった！　萌え萌え〜！」

再びピンクのハートが先頭のエッグランナーに命中して立ち止まる。

その結果、エッグランナーの群れが先頭の個体にぶつかって転び、立ち上がれずに足をバタバタさせる図が完成した。

「これは面白い。動画撮っておこう」

「藍大、後は私達がやって良いかな？」

「良いとも」

「行くぜゴラァ！」

「舞、食べられる分が減るから中身潰さないで！」

その後動画に映っていたのは、豹変《ひょうへん》した舞が卵を叩《たた》き割る姿と麗奈が中身を傷つけずに殻だけを割る姿だった。

藍大達はしばらく進んで分かれ道に到着する。

「サクラ、今日はどっちが良い？　昨日と反対で右とか？」

「うん！」

「サクラちゃん可愛《かわい》い〜。こっちおいで〜」

「そんなことないのに〜」

戦闘モードの舞が恐ろしいので、サクラは舞がいつ豹変しても良いように警戒している。

「藍大、おつまみがたくさんこっちに来てるわ」

「せめてモンスター名はちゃんと言えよ」

いきなり麗奈に呼ばれてみれば、エッグランナーが最早《もはや》おつまみ扱いだった。

他のダンジョンではレアモンスターのエッグランナー達は泣いて良いだろう。

現れたエッグランナー達だが、藍大達の相手をするには弱過ぎる。

おつまみと呼ばれたエッグランナー達はあっという間に蹂躙《じゅうりん》され、卵の殻と中身が無事なヒヨコはホクホク顔の舞と麗奈によって回収された。

そんな時、通路の奥から叫び声が響いた。

「コケコッコォォォォッ！」

「目がチカチカする鶏だな。めっちゃ眩《まぶ》しいぞこれ」

藍大は敵の正体をモンスター図鑑で調べる。

「舞、怖い」

名前：なし　種族：シャインコッコ
性別：雌　Lv：15

HP：200／200　MP：290／300
STR：200　VIT：180
DEX：80　AGI：150
INT：130　LUK：50

称号：掃除屋
アビリティ：〈点滅突撃《フラッシュブリッツ》〉〈卵小爆弾《エッグボム》〉
備考：激怒

子供《ヒヨコ》をガンガン倒したことで、親《鶏》がマジギレして登場した。

とりあえず、〈卵小爆弾《エッグボム》〉が遠距離攻撃だと推測した藍大の指示は早かった。

「サクラ、〈不幸招来《バッドラック》〉だ」

シャインコッコが不幸状態になり、〈点滅突撃《フラッシュブリッツ》〉で突撃中のシャインコッコの足がもつれて転んだ。

「サクラ、〈闇弾《ダークバレット》〉！」

「えーい！」

シャインコッコはサクラの攻撃を受けて動かなくなった。

『サクラのレベルが2つ上がってLv20になりました』

「主、勝った！」

「やったなサクラ！【掃除屋】を一方的に倒せたぞ！」

「主、指示、正しい！」

しばらくサクラを労《いたわ》ってから、藍大は現実に戻った。

(シャインコッコ、一旦持ち帰るか)

シャインコッコの死体をそのまま持って移動するのは厳しく、食べられそうなそれを置いていく訳にはいかない。

「地獄行き！」

それゆえ、藍大はここで探索を切り上げてダンジョンを脱出することにした。

幸運にも帰り道で襲撃はなく、藍大達はシャインコッコを無事にダンジョンの外に運び出せた。

中庭にいた司に奈美を呼びに行ってもらい、奈美が来たら戦利品の精算を始めた。

「薬師寺さん悪いね。こっちまで来てもらって」

「そ、それは大丈夫です。お、大きいですね」

「シャインコッコだ。【掃除屋】なんだ」

藍大はシャインコッコの写真を撮ると、エッグランナーの群れを倒した時の動画も添えて茂にメールで送った。

その数分後に茂から連絡があった。

『カオスな動画送ってくるなよ。今日も【掃除屋】が現れたらしいな』

「おう。シャインコッコだ。全体の写真を見れて嬉《うれ》しいだろ?」

『マッシブロックは残骸だったからな。研究し甲斐《がい》があるぜ』

藍大はスマホを片手に持ったまま、空いた手でモンスター図鑑のシャインコッコのページを開いた。

「おっ、モンスター図鑑にステータス以外の情報が載ってた。有効利用できる部位、食えるかどうかが載ってた。予想通り、シャインコッコは食えるってよ」

『何それ便利。写真撮って送ってくれ』

「わかった。じゃあ、肉はこっちで食うわ。解体もできそうだし」

『藍大、ちょっと待ってほしい。俺も食べたいから取っといて』

「え～？　ロリコン扱いされたからなぁ。よし、解体後即バーベキューするわ。食いたかったら急げ」

『悪かったってば！　なる早《はや》で行くから取り置き頼む！』

藍大が茂との電話を切ると舞達がとても良い笑顔になっていて、舞が代表して藍大の肩を叩いた。

「藍大、バーベキューするの～？」

「冗談のつもりだったけどやる？」

「「やる！」」

「わ、私もやりたいです」

「わかった。バーベキューしようぜ」

近所への配慮からシャングリラの中庭に血溜《ちだ》まりを作る訳にはいかないので、藍大達は解体をダンジョンの中で行った。

藍大が魔石を取り出すと、サクラに袖を引っ張られた。

「主、魔石、欲しい。食べさせて」

「甘えん坊め。あ～ん」

「あ～ん。んん～♪」

艶《あで》やかな表情で魔石をゴクリと飲み込むと、サクラの体が中学卒業前ぐらいの背丈へと成長した。

『サクラのアビリティ：〈闇弾《ダークバレット》〉がアビリティ：〈闇刃《ダークエッジ》〉に上書きされました』

モンスター図鑑によれば、〈闇刃《ダークエッジ》〉は〈闇弾《ダークバレット》〉よりも操作性に優れ、サクラの周囲の任意の場所に出現させて振り回せるらしい。

シャインコッコのついでにエッグランナーの羽根も毟《むし》ったので、両方の肉でバーベキューができる。

麗奈と司、奈美が家から他の食材を持ち寄り、藍大がバーベキューコンロ等を用意してバーベキューを始める。

網を温めているとシャングリラの前にタクシーが停《と》まり、その中から茂が出て来た。

「来たぞ藍大！」

「茂、来るとは思ってたけど早くね？」

「藍大の料理は逃せねえだろうが！」

藍大の作る料理は主婦以上料理人未満ぐらいの腕前である。

初恋の相手が料理好きだったので、一時期料理の鬼になった影響だ。

「昼休みの時間だけ出て来たのか？」

「いや、出張鑑定ってことで外出扱いだ。だから、ある程度まとまった時間を取ってある」

「それで良いのかエリート。グレーゾーンだろそれ」

「幸いなことに、藍大が送ってくれた写真のおかげで上司を説得できた。そんなことよりバーベキューだ」

「じゃあ焼くぜぇ。じゃんじゃん焼くぜぇ」

この日の午後の探索はバーベキュー大会が夕方まで続いて中止となった。

◆◆◆

翌朝、一〇二号室のインターホンが鳴った。

「おはようございまーす、ＤＭＵ運輸でーす」

ＤＭＵから冒険者、冒険者からＤＭＵ、冒険者同士の荷物の運搬を担《にな》うＤＭＵ運輸はＤＭＵの下部組織である。

藍大は配達員を待たせぬようにすぐにドアを開けた。

「朝早くすみません。逢魔《おうま》藍大様ですね。芹江《せりえ》茂様からのお届け物です。指紋認証お願いします」

「わかりました。これで良いですか？」

藍大が配達員の差し出す端末に指をかざして本人確認をする。

冒険者資格を取得する際、指紋を予《あらかじ》め登録させられるから荷物の受領がスムーズに済む。

「ありがとうございます。荷物は玄関に置いてもよろしいでしょうか？」

「はい。お願いします」

配達員が段ボール箱を置いて去ると、藍大はその中からメイスと盾を取り出した。

そのタイミングで茂からの電話があった。

『オッス藍大。昨日はバーベキューありがとな』

「おう。このタイミングで電話して来たってことは荷物が届いたってわかるんだ？」

『正解。中身は見たか？』

「見た。舞のメイスと盾だよな」

『おう。マッシブメイスとマッシブシールド。職人班が一晩でやってくれました』

「職人班マジパネェっす」

マッシブロックの体は焦げ茶色だったが、メイスも盾も赤銅《しゃくどう》色に輝いていた。

メイスはマッシブロックの腕を模《かたど》っており、持ち手以外がゴツゴツして殺傷力が高い。

盾は平べったい亀の甲羅のような形であり、攻撃を受け流しやすそうなデザインである。

どちらもマッシブロックの破片を使ったことで硬度も申し分なく、戦闘モードの舞が使っても簡単には壊れまい。

『情報料からの天引きだけで足りたから、残りの十万円はお前の口座に入れといた』

「サンキュー。じゃあ、早速舞に渡して今日もダンジョン行って来るわ」

藍大は電話を切ると、ダンジョンに挑む準備を済ませてからサクラと一緒に一〇二号室を出た。

同じタイミングで一〇三号室から舞が出て来た。

「おはよう、舞」

「おはよ〜。昨日はご馳走様《ちそうさま》。おかげで今は元気モリモリだよ〜」

「大したことないって。舞にも解体手伝ってもらったし」

「お腹《なか》いっぱいって本当に幸せなことだよ。ところで、そのメイスと盾はどうしたの？」

「はい、マッシブメイスとマッシブシールド。俺から舞にプレゼントだ」

「え？」

キョトンとした舞に対し、藍大は照れ臭そうに言葉を続ける。

「べ、別に舞のためじゃないんだからね⁉　俺が安全でいるためなんだからね⁉」

「なんでツンデレ風？　ほ、本当に貰《もら》って良いの？」

「舞は装備をよく壊してるらしいからさ、壊れにくい装備があれば食費をケチらずに済むだろ？　そうすれば、舞はコンディションばっちりで俺も安全でいられる」

「藍大、ありがとう！　とっても嬉しい！」

その瞬間、舞は自分が手にしていたメイスと盾を地面に置いて藍大を抱き締めた。

藍大の気遣いが嬉しくて、舞の中のハグしたい気持ちが爆発したようだ。

美人に抱き締められるなんて諸手《もろて》を挙げて喜ぶところだが、藍大の反応は違った。

「痛い痛い！　折れる！　折れちゃうから！　ギブア～ップ！」

舞がプレートアーマーを着ていたことで、硬い金属に押し付けられた痛みを感じたのだ。

「舞！　主、離して！」

「へ？　あっ、ごめん！　藍大、しっかりして！」

　正気に戻った舞は馬鹿力で藍大をハグしていたことに気づいてすぐに力を緩めた。

「ふぅ、背骨が折れるかと思ったぜ」

「舞、主、虐《いじ》めないで！」

「い、虐めてないよ！　つい、嬉しくてハグしちゃったの！」

「次、もうない」

「反省します」

　しょぼんとした舞を見て、藍大はそれぐらいで許してやってくれとサクラの頭を撫《な》でてからメイスと盾を拾って舞に渡した。

「それだけ喜んでもらえたなら嬉しいよ」

「本当に嬉しいよ！　私、異性からプレゼントされたのって父さん以外で初めて！　昔やんちゃしてた時は異性から怖がられてて貰えたことなかったもん！」

　藍大は舞が元レディース総長であり、異性から畏怖の念を抱かれていたのを思い出した。

　舞が今まで使ってたメイスと盾を一〇三号室において戻って来ると、二階から司が降りて来た。

「おはよう。藍大、昨日はご馳走様」

「おはよう。どういたしまして」

「おはよ～」

「あれ？　舞の武器が変わってない？」

「良いでしょ～。藍大がプレゼントしてくれたんだよ～」

舞が嬉《うれ》しそうに見せびらかすと司は首を傾《かし》げた。

「藍大は舞が好きなの？」

「舞は放っておけないんだ。装備の修理代を借金してたり、そのせいで食費を切り詰めてるのを見ると守られてる身として安心できない」

「納得した」

「むぅ……」

司が藍大の回答に納得する一方、舞は藍大の返答にモヤモヤした感情を抱いた。

言い返せないのは自分のせいだが、それでも自分のことを思ってプレゼントしてくれた藍大に好意が芽生えたからなのだろう。

もっとも、それはまだ恋心と定義するには弱いし、舞本人もまだはっきりと気づいていないのだが。

さて、探索を行うメンバーが全員揃《そろ》ったので、シャングリラダンジョンへと入った。

今日は月曜日ということで、昨日と違う赤い一本角の白兎《しろうさぎ》の群れが向かって来た。

藍大はまだ距離がある内にモンスター図鑑を開いてみると、それは幻獣として知られるアルミラージだった。

司はアルミラージに見覚えがあったらしく、藍大に注意した。

「藍大、アルミラージは角も毛皮も高く売れるよ」

「了解。舞、ズタボロにするなよ？」

「前向きに検討することを善処するよ」

「それはできない奴《やつ》のセリフだろ」

「よっしゃ行くぜぇ！」

「藍大、舞が倒すよりも先に多く倒そう」

「わかった！　サクラ、できるだけ一撃で仕留めてくれ」

「うん！　そぉれ！」

サクラは〈闇刃《ダークエッジ》〉で手前のアルミラージから順番に黒い刃《やいば》で次々に首を刎《は》ねる。

〈闇刃《ダークエッジ》〉は〈闇弾《ダークバレット》〉よりも操作性に優れ、刃の耐久度も減りにくいから、アルミラージの死体がどんどん増えていく。

司も手際《てぎわ》良く倒しているが、それよりも注目すべきは舞だろう。

藍大がプレゼントしたマッシブメイスが手に馴染《なじ》むようで、ぺしゃんこ死体をどんどん量産する。

三分もかからずに戦闘が終わり、舞はアルミラージを倒し尽くしておとなしくなった。

サクラと司が倒した分のアルミラージは売り物になるが、舞が倒した分は厳しそうだ。

「舞はやり過ぎ」

「だって新しいメイスがしっくりきちゃったんだもん」

「前のメイスを使ってた時と変わらないぐらい野蛮だったよ」

「ぐぬぬ」

仕方なく売れそうな物だけ回収してから藍大達は先に進んだ。

分かれ道に来て藍大はサクラに訊《たず》ねた。

「サクラ、どっちが良い？」

藍大がサクラに訊ねた直後、通路の奥から鳴き声が聞こえて来る。

「アオォォォン！」

「【掃除屋】かな〜？」

「【掃除屋】でしょ」

鳴き声の聞こえた場所に進むと、藍大達は石造りの扉の前に額に白い三日月のマークのある黒い狼《おおかみ》を見つけた。

全体的にモフモフしているが、狼は鋭い目つきで藍大達を捕捉している。

「狼だな。写真撮っておこう」

藍大は報告用に狼の全体が写るように写真を撮る。

「アォン？」

狼は首を傾げて藍大を危険視するが、藍大は無視してモンスター図鑑で狼を調べる。

名前：なし　種族：クレセントウルフ

性別：雄　Lv：15

HP：200/200　MP：250/250

STR：250　VIT：100

DEX：120　AGI：250

INT：50　LUK：70

称号：掃除屋
アビリティ：〈風爪《ウインドネイル》〉〈追跡《チェイス》〉
備考：警戒

クレセントウルフのSTR《力》とAGI《敏捷性》の能力値からヒット&アウェイの戦闘スタイルだろうと察したが、それと同時に藍大はテイムしたいとも思った。

今はDMUが藍大の護衛のために麗奈と司を派遣してくれているが、日本のどこかで非常事態が起きれば二人もその現場に行くだろう。

その時に舞が絶対に藍大と一緒とは限らない。

サクラは後衛の役割であり、藍大よりも身体能力が高くとも前衛にはなれないから、前衛を担《にな》うモンスターをテイムしようと考えたのだ。

「クレセントウルフをテイムする。みんな協力してくれ」

舞達が頷《うなず》くと藍大は指示を出す。

「舞は力が強過ぎるから守りに徹して。司はヘイト稼ぎ。サクラは〈魅了《チャーム》〉だ」

「うん！　萌《も》え萌え～！」

ピンクのハートがクレセントウルフに当たるが、どうやら熟練度が足りなかったようで魅了状態にはならなかった。

クレセントウルフは正常な状態のまま〈風爪《ウインドネイル》〉でサクラを攻撃した。

「効かねえぞ！」

舞が前に走り出してサクラを襲う攻撃を盾で弾く。

藍大に攻撃の許可は出されていないが、守りは任されているので舞が素早くサクラを守ったのだ。

（どうする？〈魅了《チャーム》〉が効かなかったぞ？　他の手を試してみるか？）

サクラの〈魅了《チャーム》〉が効かなかったことにより、最短ルートでクレセントウルフのテイムが難しいとわかると藍大は思いついた手を試し出す。

「ルールルルル」

「オン？」

国民的ドラマでキタキツネに呼び掛けるやり方を真似《まね》してみたが、藍大の呼びかけに対してクレセントウルフは何をやっているんだろうかと首を傾げるだけだった。

「やっぱり駄目か」

「何やってるのさ藍大」

「同じイヌ科なら効果があるかと思って」

「気持ちはわからなくはないけど」

「オン！」

藍大と司が話しているところにクレセントウルフが〈風爪《ウインドネイル》〉で攻撃を仕掛ける。

「やらせねえ！」

「すまん、助かった」

自分の失敗が原因で攻撃され、それを舞にカバーしてもらった藍大は舞に感謝した。

「藍大、僕も仕掛ける」

「頼んだ」

司がクレセントウルフとの距離を詰め、手に持った槍《やり》で乱れ突きを放つ。

「オン？」

「速いね、まったくもう」

クレセントウルフの動きは速く、司の乱れ突きは少しも掠《かす》る気配がしなかった。

最後の方なんてクレセントウルフは避けるのが楽しくなって来たようにも見えるぐらいだった。

（何か良い手はないか？……待てよ。イヌ科ならあれが使える？）

閃《ひらめ》いた藍大は先程の戦闘で舞が倒したアルミラージの骨を取り出した。

舞が倒したにしては比較的に形が残っている骨であり、クレセントウルフが興味を持つのではないかと考えたのだ。

「オン？」

司に遊んでもらっているような状態のクレセントウルフだが、藍大が手に持っている骨をチラチラと見ている。

「サクラ、俺が骨を投げてあいつが止まったら〈不幸招来《バッドラック》〉だ」

サクラは藍大の指示に頷き、藍大が骨を投げるのを待った。

藍大の手からアルミラージの骨が投げられると、その骨を確保しようとクレセントウルフが即座に移動してジャンピングキャッチする。

「オン！」

「地獄行き～！」

クレセントウルフが空中にいる瞬間を狙い、サクラが〈不幸招来《バッドラック》〉を放った。

骨に夢中だっただけでなく、空中で回避できなかったクレセントウルフは〈不幸招来《バッドラック》〉に当たってしまって不幸状態になった。

先程放った〈魅了《チャーム》〉は熟練度が足りなかったけれど、〈不幸招来《バッドラック》〉はばっちり効いたらしい。

「今度こそ」

不幸になったクレセントウルフならば攻撃が当たるかもしれないと思い、司は再び乱れ突きを放った。

それでもクレセントウルフのＡＧＩの数値が落ちた訳ではないから、司の攻撃はやはりクレセントウルフには当たらない。

「サクラ、足を狙って〈闇刃《ダークエッジ》〉を放て」

「うん！」

司の攻撃だけなら足捌《さば》きだけでどうにかなったが、そこにサクラの攻撃が加われば話は変わって来る。

クレセントウルフはサクラの攻撃と司の攻撃の両方を確実に躱《かわ》すべく、咄嗟《とっさ》の判断でその場から大きく跳躍した。

ここでサクラの〈不幸招来《バッドラック》〉の効果が作用した。

クレセントウルフの跳んだ先には舞が待ち構えていたのだ。

「舞、殴っちゃ駄目だ！」

「わーってるよ！」

藍大に注意された舞はマッシブメイスとマッシブシールドを手放し、ガバッとクレセントウルフを抱き締めた。

「オン⁉」

まさか舞に捕まるとは思ってもみなかったようで、クレセントウルフはびっくりした。

しかも、舞を振り解《ほど》こうにも舞の力が強過ぎて一向に振り解けないのだから、それにもびっくりさせられた。

舞は戦闘モードのスイッチを切り、抱き締めているクレセントウルフを可愛《かわい》がる。

「よ～しよしよしよしよし」

「クゥ～ン……」

クレセントウルフは舞から逃げられないとわかると抵抗を止めてしょんぼり鳴き、今なら自分が近づいても大丈夫そうだと藍大は判断して近づいた。

そのままモンスター図鑑を開いてクレセントウルフの頭に乗せると、その体がモンスター図鑑の中に吸い込まれた。

『クレセントウルフのテイムに成功しました。名前を付けて下さい』

名付けの時間だが、藍大には前から狼のモンスターに付けたい名前があった。

クレセントウルフが進化すれば、フェンリルになるかもと期待を込めてリルと名付けた。

「リルにする」

『クレセントウルフの名前をリルとして登録します』

『リルは名付けられたことで強化されました』

『テイムされたことでリルは称号【掃除屋】を失いました』

『リルのステータスはモンスター図鑑の従魔ページに記載され、変化がある度に更新されていつでもその情報を閲覧できます』

早速、リルのページを確認すると、リルの全能力値が元々の120％になっていた。

既に亜空間で休んで全回復していたようなので、藍大はリルを呼び出す。

「【召喚《サモン》：リル】」

「オン！」

リルはよろしくねと言わんばかりに吠《ほ》えた。

「よろしくな、リル」

「クゥ～ン♪」

気持ち良さそうに撫《な》でられるリルに対し、藍大はその感想を口にしなかったが犬みたいと思った。

その一方、舞はそれを口にしてしまう。

「可愛い～。ワンちゃんみたいだね～」

「グルゥ」

舞のコメントに気分を害してリルは低く唸《うな》った。

「グッボーイ。落ち着け。リルは立派な狼《おおかみ》だからこれぐらいクールに受け流せるだろう？」

「オン！」

藍大の言葉にリルはその通りだと頷く。

「どうしたんだ司？」

「藍大、僕もリルに触って良い？」

「はは～ん、さてはモフりたいんだな？」

「モフりたい」

「オン」

リルは仕方ないから触らせてやろうと言わんばかりにお座りの体勢になる。

「良い毛並みだね」

「オン」

わかっているじゃないかとリルはドヤ顔である。

「リル君、私も～」

リルは舞の声に顔を背けた。

「舞って俺の従魔に好かれないね」

「舞、距離、近い。あと、怖い」

「「なるほど」」

「みんな酷《ひど》～い」

距離が近いというのは、遠慮なくパーソナルスペースに踏み込むことである。

可愛いと言って愛《め》でようとする舞はサクラやリルにとって馴《な》れ馴《な》れしく感じるようだ。

怖いというのは戦闘モードのことを指している。

二重人格並みに戦闘時の言動が違うため、サクラが舞を恐れて近づきたくないのだろう。

それはさておき、藍大達の目の前にはボス部屋に繋《つな》がる扉がある。

ダンジョンにはフロア毎《ごと》にボスモンスターがおり、フィールド型のダンジョンじゃない限りボス部屋というものがある。

基本的にボスはそのフロアに出るモンスターがクラスアップしたものだ。

リルをテイムしてもまだ余裕があっただけでなく、リルの実力を知りたいという事情もあって藍大達はボス部屋に突入した。

部屋の中には体の大きなアルミラージが待機しており、藍大はモンスター図鑑でそのアルミラージについて調べ出した。

名前：なし　種族：アルミラージエリート
性別：雌　Lv：10

HP：100／100　MP：100／100
STR：100　VIT：60
DEX：60　AGI：80
INT：0　LUK：30

称号：一階フロアボス
アビリティ：〈突撃《ブリッツ》〉〈隠歩《ハイドステップ》〉

リルをテイムした自信から、藍大はアルミラージエリートにビビらなかった。

だが、想定外なことに藍大達は一瞬でアルミラージエリートの姿を認識できなくなった。

「「消えた!?」」

アルミラージエリートは〈隠歩《ハイドステップ》〉を使用して自身の姿を見えなくしたのだ。

「オン！」

「〈追跡《チェイス》〉か！　リル、アルミラージエリートの位置がわかるんだな!?」

「オン！」

「流石《さすが》はリル！　アルミラージエリートをやっちゃってくれ！」

「アオォオン！」

リルはアルミラージエリートの位置を特定し、一見何もないように見える場所に〈風爪《ウインドネイル》〉を放つ。

それが眉間を貫いたらしく、〈隠歩《ハイドステップ》〉が解除されてアルミラージエリートの死体が現れた。

『サクラがLv21になりました』
『リルがLv16になりました』

藍大はサクラがレベルアップしたことに驚いたが、そんな疑問はすぐに晴れた。従魔士の職業技能《ジョブスキル》が藍大の頭に回答を用意したからである。パーティー内に戦っていない従魔がいても、その他の従魔が倒せば同じ経験値がパーティーの従魔全体に分散されるらしい。

それはそれとして、藍大はルンルン気分で戻って来たリルの頭を撫でる。

「リルは頼りになるなぁ」
「クゥ～ン♪」

リルが褒められているのを見て、サクラはムスッとした表情になった。

「サクラちゃん可愛い～。嫉妬してる～」
「嫉妬、違う」
「サクラも頼りにしてるぞ」

「私、頑張る」

リルとサクラの頭を撫でた後、藍大達は部屋の隅に現れた魔法陣と階段の方を見た。

「舞、魔法陣と階段について教えて」

「魔法陣と階段はボスの討伐証明だよ。魔法陣はダンジョンの入口付近と繋がっててショートカットになるね。ボス戦抜きで次の階に直接行けるの」

「便利だな。階段は次の階に繋がるだけ？」

「うん。このダンジョンは下に進むタイプっぽいね」

舞の説明を聞くと、藍大はスマホで正午までまだ二十分もあると確認できた。

「藍大は地下一階を覗《のぞ》いてみたいんでしょ？」

「わかっちゃった？」

「勿論《もちろん》。だって私も同じだもん」

「じゃあ、下見がてら少しだけ覗いてみよう」

「賛成！」

「了解」

藍大達が階段を下って地下一階に移動すると、ダンジョンの内装が洞窟から煉瓦《れんが》造りの人工建築物に変わった。

「雰囲気が違うな」

「ダンジョンだもん。場所によっては階が変わると内装が変わる所もあるよ」

広間のような場所に辿《たど》り着くと、天井には蝙蝠《こうもり》のようなモンスターがびっしりと待機していた。

藍大達を見つけてモンスター達が襲いかかる。

「ヒャッハァァァッ！　狩りの時間だぜぇぇぇっ！」

「キャイン⁉」

舞が戦闘モードになれば、その豹変《ひょうへん》ぶりにマジでかと言わんばかりにリルが怯《おび》えた。

（誰だってそー思う。俺だってそー思う）

そんな藍大を守るべく、司は襲って来るモンスターを一体ずつ確実に斬り伏せていた。

舞と司が護衛の職務を果たすならば、藍大も仕事をしようとモンスター図鑑で敵がブラッドバットLv10だと突き止めた。

「サクラは〈闇刃《ダークエッジ》〉で遠距離から攻撃。リルは襲って来る奴《やつ》を〈風爪《ウインドネイル》〉で迎撃」

「うん！　え～い！」

「オン！」

サクラやリルの射程距離は長くて殲滅《せんめつ》するまで五分とかからなかった。

『サクラがLv22になりました』

『リルのレベルが2つ上がってLv18になりました』

「今日はここまでにして一旦引き上げよう」

「は～い」

「了解」

藍大達は戦利品を回収して魔法陣からダンジョンの入口に移動した。

戦利品をアイテムショップで買い取ってもらう前に解体する必要があるので、サクラに任せてみた。

藍大を手伝えば褒めてもらえるし、〈闇刃《ダークエッジ》〉の操作訓練にもなるから解体はサクラにとって一石二鳥なのだ。

「ありがとう、サクラ。助かったぞ」

「エヘヘ～」

ダンジョンを脱出すると、舞と司にアイテムショップでの用事を頼んで藍大は茂とビデオ通話を始めた。

「もしもし」

『なんでビデオ通話なんだって思ったら強そうな従魔増えてね？』

「リルだ。元【掃除屋】だぞ」

「オン」

リルが元【掃除屋】だと聞いて茂は言葉を失う。

「【掃除屋】の称号は俺の従魔になって消えたから、モンスター図鑑のページを証拠写真として後で送るわ」

『元【掃除屋】⁉　そりゃ強そうに見えるわ！　従魔士って【掃除屋】もテイムできんのかよ⁉』

「結構苦戦したんだけど、舞がガバッと抱き締めて捕まえたところを俺がテイムした」

『立石さんが抱き締めてってのはピンと来ないけど置いておこう。藍大だけじゃ動き回るクレセントウルフをテイムできないのは事実だろうし』

茂は画面越しにリルを鑑定して納得した。

「今後のシャングリラダンジョン探索は従魔の強化を優先する。それが俺の身の安全に直結するし」

『良いと思うぞ。自前の戦力があるに越したことはないからな』

「だな。それで、今日はアルミラージとフロアボスのアルミラージエリート、地下一階のブラッドバットを倒した。肉は俺達の食料になるけど、それ以外の素材はそっちに送る」

『了解。すぐに調べたいから回収させに行く。午後も探索するか？』

「いや、大家の仕事や家事もあるし今日はここまでだ」

『わかった。明日も期待してる。またな』

茂との通話が終わり、藍大は昼食を取ることにした。

昼食後に大家の仕事を終えた藍大は冷蔵庫の中を見て肉しかないことに気づいた。

「買い物に行かないとな。流石《さすが》に肉だけ食べてたら栄養が偏るし」

「私、一緒、行く」

「オン」

「一緒に行きたいけど駄目だ。サクラとリルを連れ歩くと掲示板が荒れる。目立つと俺達全員が危なくなる」

「主、危ない、駄目」

「オン」

「だろ？　だから、サクラとリルは亜空間で待機だ。舞に同行してもらうから安心してくれ」

「わかった」

「クゥ～ン」

藍大はサクラ達を送還してから舞に買い物の付き添いを電話で頼んだ。

◆◆◆

ツナギから外行きの服に着替えた頃にインターホンが鳴り、ドアを開けるとガーリーな服に着替えた舞がいた。

髪型もハーフアップのお嬢様風にしており、完全に外行きの見た目である。

「舞、お嬢様みたいだな。似合ってるぞ」

「エヘヘ、そう？　ありがとう。それじゃ早速買い物行こ～」

「おう。護衛よろしく」

「まっかせなさい」

拳で胸を叩《たた》き、舞は自信満々に応じた。

自分が頼りにされていることもそうだが、藍大とのお出かけだからとおしゃれに気を遣ったら褒められて嬉《うれ》しさも感じているらしい。

藍大が舞を誘った理由は舞の食生活を調べるためでもある。

冒険者は体が資本だ。

食費をケチってダンジョンで動けないなんて事態は避けたいから、藍大は監視のために
も舞と一緒に買い物をしに行こうと考えたのだ。

藍大が向かったのはシャングリラから徒歩五分程で着く月見商店街だ。

「藍大は商店街派だったんだね」

「調味料とか消耗品はスーパーだけどな。舞はスーパー派？」

「うん。スーパーならあちこち寄らずに買い物できるもん」

「それはスーパーの利点だよな」

「商店街の利点は？」

「行ってからのお楽しみさ」

藍大達が商店街で最初に寄ったのは八百屋だ。

「藍大、綺麗《きれい》な女の子連れて買い物か？　今日はアスパラと新じゃがが良いの入ってるぜ。

お前に取っておいた分もあるぞ」

「ウチに住むお隣さんだよ。おっちゃん、買うよ。いくら？」

「あいよ。全部合わせて三百円で良いぜ」

「安い！　なんで⁉」

舞も自分で買い物に行くから、袋詰めされた量の野菜が信じられない値段なので叫んだ。

「B級品だからな。藍大の親には世話になったから、藍大にこれで良ければ取っておくって話をしてんだよ」

「B級品だって味は変わらない。おっちゃんにはこうやって世話になってるんだ」

「俺の家族も値段の付けられねえ野菜を食い切れねえし、気持ちばかりの代金で消費に協力してもらってんのさ」

「うぅ、藍大の主夫力が高い～」

「一体いつから俺に主夫力がないと錯覚していた？」

「参りました。料理だけじゃなくて節約術でも勝てません」

「よろしい」

その後、藍大は他に欲しい野菜と果物を買い、舞も自分の欲しい野菜を購入してからパン屋に移動した。

カウンターに立つおばさんが藍大の顔を見てニヤニヤした。

「あらあら藍大ちゃん、美人さん連れてデート？」

「シャングリラに住むお隣さんだ」

「なんだ、藍大ちゃんにも春が来たと思ったのに」

「確かに今は春だけどね。食パンちょうだい」

「はいよ。焼きたてがあるわ。二百円ね」

「焼きたて⁉」

おばさんが焼きたての食パンを見せると舞は驚いた。

「そうよ。藍大ちゃんはウチのパンを焼く時間を考えて来るのよね」

「まあね。焼きたての方が美味《うま》いし」

「私も買う！」

舞も焼きたての魔力には勝てなかったらしい。

買い物を終えた帰り道、今後のことを考えて藍大は舞に話しかけた。

「舞、今日から舞の料理は三食俺が作るよ」

「えっ⁉　いきなりどうしたの⁉」

藍大の料理を朝昼晩と食べられることは嬉しいが、舞は今の藍大の言葉にプロポーズ的な意味があるのかと思ってドキッとしてしまった。

「ほら、舞って武器や防具の修理費が嵩《かさ》むみたいだし、今のままだと空腹で力が出ないなんて事態が起きそうじゃん」

ヒャッハーのせいで武器や防具の消耗が激しく、モンスター素材を駄目にしているとズバリ言わないであげるあたり、藍大の優しさが感じられる。

舞もその優しさを感じつつ、藍大に指摘された事態が今までにも何度もあったから即座に違うと言えなかった。

「ひ、否定できない」

「だから俺が舞の体調とついでに財布も管理してあげようかなって思ったんだ」

「……藍大のご飯はどれも美味《おい》しかったし、主夫力は私の女子力の遥《はる》か上。それならお願いしちゃおうかな？」

「任せろ。俺が舞を支えてやんよ」

ニッコリ笑う藍大の笑みにドキッとした舞は顔を真っ赤にする。

「ありがとう！　お礼にモンスターをいつも以上にボコボコにして藍大を守るからね！」

「ちょっ、それは素材が駄目になるから落ち着いてくれ！」

「やるぞ～！」

「俺の話を聞け！」

それから舞を落ち着かせるのにしばらくかかったが、藍大と冷静になった舞は帰宅した。

その後、藍大はサクラとリルを召喚して夕食のアルミラージ肉入りクリームシチューを作り始めた。

シチューができたタイミングで舞が一〇二号室にやって来た。

「今日はシチューなんだ〜」

「良いパンもあるしな」

「楽しみ〜」

舞を目にしてサクラとリルがなんでここに舞がいるんだと警戒していた。

「主、舞、なんで？」

「オン？」

「今日から舞の財布と胃袋を俺が預かることになった。その方が舞のコンディションを高くキープできそうだし、それが俺達の安全に繋《つな》がるから」

「主、安全。わかった」

「クゥ〜ン……」

「あまり歓迎されてない？」

「いや、舞は怖がられてるんだよ」

「怖くないよ〜？　私、優しくするよ〜？」

舞の笑みはとても柔らかかったが、残念ながらサクラとリルの警戒を解けなかった。

その警戒も夕食が始まれば解ける。

「「いただきます」」

「オン！」

従魔に食事は必要ではないが、一緒に食べた方が美味しいしサクラとリルも喜ぶから、藍大はできる限り皆で食事を取るつもりだ。

「うん、美味いな」

「う～ま～い～ぞ～」

「美味！」

「オン♪」

藍大は少し作り過ぎたと思っていたけれど、そんな心配はする必要がなかったのは鍋が空になったことが証明した。

食後に藍大が皿洗いをしていると、食休み中の舞が声を上げた。

「えぇっ⁉　掲示板が～」

「掲示板？」

何か問題があったのだろうと察し、藍大は皿洗いを素早く終わらせて舞の隣に座った。

「これ見て」

藍大は舞が見ていたタブレットで冒険者専用の掲示板を一緒に見始めた。

◆◆◆

【あの人は何処《どこ》】人探しスレ@15【絶対に見つけ出す】

312．名無しの冒険者
てえへんだてえへんだ！
つ（写真）

313．名無しの冒険者
よくやったと褒める前に写真撮った場所と隣の美人についてキリキリ吐けや

314．名無しの冒険者
アイエエエ!? 撲殺騎士!? 撲殺騎士ナンデ!?

315．名無しの冒険者
信じられるか？
私服が可愛《かわい》いのにダンジョンだと世紀末になるんだぜ？
場所は神奈川県川崎市月見商店街
ダンジョン帰りにドライブしてたら腹が減って、食い物探してたらお義父《とう》さんと撲殺騎士を発見した

残念ながらロリショージョの姿は確認できなかった

316．名無しの冒険者
変態は放っておくとして、重要なのはお義父さんが神奈川県の商店街で撲殺騎士とデートしてたってこと

317．名無しの冒険者
違う、そうじゃない
モンスターをテイムできるらしいお義父さんの居場所を特定したことが重要だ
でもバンシーがいないなんて困ったな
裸じゃ寒くて風邪ひくから早くバンシー呼んで来てくれよ

318．名無しの冒険者
全裸待機してないで早く服を着ろ
>315　お義父さん達の尾行はしたんだろうな？

319．名無しの冒険者
肉屋のメンチカツの匂いに釣られてる間にお義父さん達は姿が消えてた

320．DMU
このスレッドを一時的に凍結します

３１９のアカウントを特定したため、現時点をもって冒険者資格を停止処分とします

◆◆◆

「盗撮されてたのかよ」

「芸能人みたいだよね、私達」

「いや、そうじゃないだろ」

藍大がツッコんだ時、スマホに茂が連絡して来た。

『すまん、シャングリラのことがバレるかもしれん』

「掲示板の人探しスレの件か？　舞が知らせてくれたけど」

『それなら話が早い。藍大、お前クランを設立しろ』

「クラン？」

クランとは複数の冒険者から成る組織であり、二人以上から設立できる。

クランのメリットは主に三つある。

一つ目は、クランはＤＭＵに有益だと認められないと設立できないので箔《はく》が付くことだ。

クランに手を出せば、ＤＭＵが出張《でば》って来るから冒険者も企業も迂闊《うかつ》に手が出せない。

冒険者がそのクランに手を出せばその冒険者の資格が停止され、企業が手を出せば、そ

の企業にはダンジョン産の素材の購入権が剝奪される。

クランに手を出すと百害あって一利なしなのだ。

二つ目は、アイテムショップでの素材換金率が5%上がり、購入時は5%下がることだ。

三つ目は、クラン専用の掲示板チャットが使えることである。

部外者は一切アクセスできないので密談にはぴったりだろう。

冒険者はSNSで冒険者関連の情報を扱うのを禁止されている。

SNSはDMUが管理する掲示板よりもサイバーリスクが高いからだ。

表面上は仲の良い国同士でも互いに裏で何か企《たくら》んでいるかもしれないから、クラン専用の掲示板を使う必要がある。

『そうだ。最初からクランを立ち上げさせたかったけど、DMU内で意見が割れて時間がかかった』

「小父《おじ》さんの鶴の一声はないの？」

『シャングリラダンジョンの秘匿に誰も異議は唱えなかったけど、藍大のクラン設立に反対の老害共がいた。おとなしく窓際《まどぎわ》で仕事だけしてれば良いのに、有事の際に責任逃れするために一旦反対したんだよ』

「何それめんどい」

もしも藍大達がシャングリラダンジョンで成果なしで帰還したら、本部長の意見に反対した体《てい》にしないと自分達も首が飛びかねない。

それゆえ、一旦反対して藍大達が適当な成果を出したら渋々認めるポーズを取ったのだ。

『マジで老害は早く辞めろって感じ。結局、藍大達の戦利品がどれも希少だったから、その継続供給のためにクランの設立許可が下りた。ということで、クランを立ち上げてくれ』

「了解。クランさえ立ち上げたら、サクラやリルを連れ歩いても構わないよな？」

『勿論《もちろん》だ。クラン名とそのマークを決めたら連絡してくれ』

「わかった。決まったら連絡する」

茂との電話が終わると、舞はとても良い笑みを浮かべていた。

「藍大、私達のクラン立ち上げて良いんだ？」

「良いらしいけど舞は俺と同じクランで良いの？」

「勿論だよ。財布も胃袋も預けてるんだもん。藍大から離れたりしないよ〜」

「それなら今後ともよろしく」

「よろしくね〜」

この後、藍大と舞は滅茶苦茶《めちゃくちゃ》クラン名とマークについて考えた。

◆◆◆

翌朝、藍大はクラン名とマークをメールで報告した。

クラン名は【楽園の守《も》り人】である。

【シャングリラ】はどうかと舞が提案したが、自分達の家の名前を宣言するのは照れると藍大がやんわり否定した。

それでも、舞の気持ちも汲《く》んで楽園《シャングリラ》要素を取り入れた【楽園の守り人】をクラン名にした。

そして、クランのマークだが浮遊都市の絵が描かれた金貨というデザインになり、意外にも絵の上手《うま》い舞がそれを描いた。

クランマスターは藍大でサブマスターは舞が就く。

実力的には舞がクランマスターなのだが、シャングリラは藍大の所有物だからと言って舞はサブマスターに就いた。

ちなみに、麗奈と司は【楽園の守り人】に出向という扱いになった。

そうすることで【楽園の守り人】がDMUと友好的だと証明し、他の冒険者や企業の介入を抑止できるからだ。

奈美はアイテムショップの店員だが、実は薬士の職業技能《ジョブスキル》を持っている冒険者であり、彼女も【楽園の守り人】に出向してダンジョン産の素材の取り扱いを任された。

要は籍だけ【楽園の守り人】に置き、今まで通りに出張所でアイテムショップの店員として働くということだ。

クランハウスはシャングリラになり、藍大は気づけば冒険者の中でも攻略組扱いされた。

麗奈と司がクラン立ち上げの事務作業に専念し、今日の探索は藍大と舞で行う。

本来なら藍大や舞も事務作業をするべきだが、茂が二人にダンジョン探索を優先してくれと頼んだのだ。

ダンジョンもモンスターも日替わりなら、一週間のラインナップがわかるまで藍大と護衛の舞にはダンジョン探索に集中してほしいのである。

勿論、サクラやリルもいるのだから、余程のことがない限り藍大に危険は迫らないだろう。

さて、ダンジョンに入った藍大達は早々に違和感を覚えた。

「暑くね？」

「暑いね～。プレートメイルだと蒸れちゃうよ～」

「鎧《よろい》着るのも大変だよな」

「うん。きっと、今日が火曜日だからだよ。火に関するモンスターがいるんだよ」

「主、あそこ」

「うわぁ、燃えてるじゃん」

サクラが教えてくれた方向には薄い赤色の体が燃えている猿の群れがいた。

藍大がモンスター図鑑で猿の名前がヒートエイプだと知った時には、舞が既に動き始めていた。

「暑いんだよゴラァ！」

「不味《まず》い！　サクラ、リル、舞が全部ミンチにする前に倒すんだ！」

「えいっ！」

「オン！」

サクラとリルは舞が倒していないヒートエイプに攻撃を開始した。

ヒートエイプを一体倒す毎《ごと》にダンジョン内の気温が下がっていき、全滅させたら昨日のダンジョンと変わらぬ気温に戻っていた。

「ふぅ～。暑かった～」

「お疲れ。サクラもリルも頑張ったな」

「うん！」

「オン！」

ヒートエイプの体表はＨＰが尽きると火が消えた。

「燃えてたのに焦げてない。そういう性質？」

「良いな～。この鎧に耐暑機能か耐火機能を付けてほしいかも」

「そうだよな。舞の体が火曜日のダンジョンで蒸し焼きになりそう」

「すごい困る。藍大のツナギも丈夫だけど燃えない訳じゃないでしょ？」

「確かに。ヒートエイプの皮を上手く処理できたら上等だ。とりあえず回収しよう」

「う、うん」

自分が倒したヒートエイプはズタボロで舞はしょんぼりした。

「どんまい。サクラやリルが倒してくれた奴等《やつら》はグチャグチャになってないし、舞が倒した奴等の死体も無事なところを探そうぜ」

「ありがとう！」

それから解体を終えると、藍大達は分かれ道に辿《たど》り着いた。

「今日はボス部屋に行こう」

「「賛成！」」

「オン！」

成果を優先させるため、藍大達は右側の道を選ぶ。

シャングリラダンジョンに出現するモンスターは日替わりだが、ダンジョンの通路は同じだからだ。

道を進んでボス部屋に近づくにつれ、再び藍大達は暑さを感じる。

「この先にヒートエイプがいるな。舞は俺の護衛を頼む」

「は〜い」

ボス部屋の扉の前に着くと、三体のヒートエイプが率いる群れが不敵な笑みを浮かべて待ち構えていた。

先頭に立つ三体は左から目を両手で隠した者と口を両手で塞ぐ者、耳を両手で塞ぐ者だった。

「見ざる聞かざる言わざるってか？」

「「ウッキィィッ！」」

正解だぜヒャッハーと荒ぶる見ざると聞かざるを模したヒートエイプが突撃する。

「サクラ、リル、やっておしまい！」

「それっ！」

「アオォン！」

所詮は称号を持たないＬｖ５のヒートエイプだから、サクラの〈闇刃《ダークエッジ》〉とリルの〈風爪《ウインドネイル》〉によって見ざると聞かざるを模したヒートエイプはあっさり倒れた。

（出オチだったな。あいつ等）

その後、言わざるとその他の後ろに控えていたヒートエイプ達が藍大達に押し寄せるけれど、サクラとリルがサクサク倒してしまった。

一般的な冒険者達ならば見ざる聞かざる言わざるの三体には苦戦していたかもしれないが、今の藍大達にとってはただの雑魚《モブ》に等しい。

『リルがＬｖ19になりました』

舞が参戦していなかったおかげで、今倒したヒートエイプ達の死体は傷が少なかった。

藍大がサクラに解体させていると、リルも〈風爪《ウインドネイル》〉で手伝った。

「サクラちゃんだけじゃなくてリル君も解体できるんだね」

「ありがとな。良い手際《てぎわ》だったぞ」

「エヘヘ～」

「クゥ～ン♪」

リルの手伝いで解体の効率が上がり、作業時間は短縮された。

その時、急に周囲の気温が上昇した。

「オン！」

リルが吠《ほ》えると、舞とサクラ、リルが藍大を囲む陣形を組む。

そして、藍大達をボス部屋と挟むように体長一メートル超えの背中が燃えている蜥蜴《とかげ》がやって来る。

「グルァァァァァッ！」

藍大は急いでモンスター図鑑を開く。

名前：なし 種族：パイロリザード
性別：雌 Lv：15

HP：220／220 MP：250／250
STR：250 VIT：170
DEX：70 AGI：30

INT：250　LUK：50
称号：掃除屋
アビリティ：〈火球《ファイアーボール》〉〈火壁《ファイアーウォール》〉

ヒートエイプの火がライターならば、パイロリザードの火はキャンプファイアー並みの火力でありINT《知力》も高い。

その上、〈火球《ファイアーボール》〉と〈火壁《ファイアーウォール》〉で攻守ばっちりである。

「舞は俺の護衛。サクラとリルは挟み撃ちだ」

「了解」

「うん！」

「オン！」

サクラとリルが左右に分かれると、パイロリザードはリルを狙って〈火球《ファイアーボール》〉を放つ。

「グラァ！」

火の玉は発動から射出までが遅くてリルは容易《たやす》く躱《かわ》した。

「サクラ、〈不幸招来《バッドラック》〉だ！」

「地獄行き～！」

サクラの〈不幸招来《バッドラック》〉で敵のLUK《運》は尽きてしまった。

「グラァ？」

今何かしたかと嘲笑するパイロリザードに対し、サクラはムッとしている。

「サクラ、落ち着け。そいつは自分の状況をわかってないだけだ」

「は～い」

「リル、やっておしまい！」

「アオォォォン！」

「グルァ」

パイロリザードはリルの〈風爪《ウインドネイル》〉が届く前に火の壁をリルがいる方向に出現させた。

リルの攻撃は火の壁をサッと揺らめかせるに留まった。

「サクラ、逆から攻撃！」

「それ～！」

リルの反対側からサクラが〈闇刃《ダークエッジ》〉で攻撃すると、パイロリザードは焦《あせ》って体を動かそうとして転ぶ。

「チャンス！」

「藍大、私も行く！」

「許可する！」

「よっしゃ行くぜぇぇぇ！」

転んで背中の火が壁に向いていれば舞も近づけるので、パイロリザードの袋叩《ふくろだた》きに舞が加わる。

「オラオラオラァ！」

「グラァァァァッ！」

キレたパイロリザードの声の大きさに耐えられず、舞達は藍大の所まで戻って来た。

「サクラ、上空から連続攻撃！」

「うん！　そりゃ～！」

サクラが上空から〈闇刃《ダークエッジ》〉でパイロリザードの体表を傷つける。

「グルァァァッ！」

受けたダメージ量からこのままでは不味いと焦り、パイロリザードは〈火球《ファイアーボール》〉を乱射する。

サクラはその攻撃を華麗に避けるが、火の玉の一つが藍大達の方に飛ぶ。

(〈火球《ファイアーボール》〉はヤバくね⁉　逃げなきゃ！)

「私に任せな！」

舞が藍大とリルの前に立ち、マッシブメイスをオーラで包み込んで火の玉を打ち返した。

「火の玉って打ち返せんの⁉」

これには藍大も驚きのあまり、一瞬だけ思考が止まってしまう。

舞が打ち返した火の玉は弾丸ライナーとなってパイロリザードの顔に当たる。

「グルァッ⁉」

「はっ、サクラ、リル、今だ！」

「それっ！」

「オン！」

すぐに藍大は正気に戻って指示を出し、サクラの〈闇刃《ダークエッジ》〉とリルの〈風爪《ウインドネイル》〉が動揺するパイロリザードに命中した。

体力を削り切られてしまえば、パイロリザードは音を立てながら倒れた。

『サクラのレベルが2つ上がってLv24になりました』

『サクラは称号【掃除屋殺し】を獲得しました』

『リルのレベルが3つ上がってLv22になりました』

藍大達は緊張が解けて大きく息を吐いた。

「サクラ、リル、お疲れ様。よくやった」

「エヘヘ～」

「オン♪」

藍大に頭を撫《な》でられてサクラもリルも嬉《うれ》しそうだ。

「舞もお疲れ。すごかったな。さっきのオーラって何？」

「お疲れ様～。騎士の職業技能《ジョブスキル》だよ～」

「騎士ってオーラを武器に纏《まと》わせられるの？」

「後ろに守るべき者がいる時限定で武器にオーラを付与して攻撃できるよ～。火の玉も打ち返せるなんてびっくりだよね～」

「打ち返した本人が何言ってんだよ……」

呑気《のんき》なことを言う舞に藍大は力が抜けてしまった。

藍大はシステムメッセージの内容を思い出し、サクラの新しい称号について調べた。

その結果、【掃除屋殺し】保持者が【掃除屋】と対峙《たいじ》した時に全能力値が一・五倍になり、倒した時の取得経験値も一・五倍になるとわかった。

サクラが舞達と協力して倒した【掃除屋】が三体だったことから、それが獲得条件だろう。

「舞、【掃除屋殺し】を獲得したとか声は聞こえた？」

「聞こえてないよ～。藍大は聞こえたの～？」

「あぁ。多分、従魔士絡《がら》みの力だろうな」

今までは聞こえるのが当たり前だと思っていたが、システムメッセージが自分にしか聞こえていなかったので、これも従魔士絡みの力だと藍大は結論付けた訳だ。

その後、藍大はサクラとリルにパイロリザードの解体を任せた。

ヒートエイプの皮よりも良い装備の素材になりそうなので、その作業は丁寧に行われた。

取り出された魔石はリルに与えられる。

「今回はリルにあげよう」

「オン♪」

魔石を飲み込んでリルの体が少しだけ大きくなった。

『リルがアビリティ：〈風鎧《ウインドアーマー》〉を会得《えとく》しました』

（風の鎧《よろい》を纏えるのはデカい）

会得したアビリティがリルのＶＩＴ《生命力》を補うものだったため、藍大はホッとした。

解体を終えてパイロリザードの素材をできるだけロスなく回収した後、藍大は舞に訊《たず》ねた。

「ボス部屋行っとく？」

「行こ～」

帰り道に楽をするため、藍大達は扉を開いてボス部屋の中に進んだ。

部屋の中には薄い青色のヒートエイプが一体待機していた。

敵がおとなしくしている間に藍大はモンスター図鑑で調べてみれば、ヒートエイプリーダーＬｖ10だった。

藍大がモンスター図鑑に記された内容を読み終えた直後、ヒートエイプリーダーはいきなり叫び始めた。

「キェェェエッ！」

「耳が⁉」

「うっ⁉」

「グルルル……」

「うるさ～い！」

サクラは声を出してヒートエイプリーダーの〈猿叫《モンキークライ》〉の威力を緩和させながら〈闇刃《ダークエッジ》〉を放つ。

ヒートエイプリーダーはサクラの攻撃を避けるが、リルが先回りしていた。

「オン！」

リルの〈風爪《ウインドネイル》〉であっさりとヒートエイプリーダーの首が飛んだ。

「アオォォン！」

リルは勝利の雄叫《おたけ》びを上げた。

藍大はご機嫌なリルの顎の下を撫でる。

「よしよし」

「クゥ～ン♪」

リルはもっと撫でてくれと言わんばかりのリラックスムードだ。

「主！　私も戦った！」

「すまん。サクラもしっかり追い込んでくれた。ありがとな」

「うん♪」

自分も褒められたことでサクラも機嫌を直した。

その後、ヒートエイプリーダーを解体してから藍大達はダンジョンから脱出した。

ダンジョンを出てすぐに藍大は茂に連絡した。

『藍大、電話を待ってたぞ。探索は順調か？』

「ぼちぼちだな。ヒートエイプとボスのヒートエイプリーダー、【掃除屋】のパイロリザードを倒した」

『ヒートエイプだって⁉　ヒートエイプって言ったな⁉』

ヒートエイプの名前を聞いた瞬間、茂の語気が強くなった。

「そんなにレアなのか？」

『レアだ。自分が燃えても全然ダメージを負わねえんだぞ？　その毛皮を使えば耐火性能の高い装備を作れる』

「そうか。俺と舞はパイロリザードの皮で装備の強化を頼みたいけど良いよな？」

『勿論《もちろん》だ。職人班が喜ぶだろうよ。他に目ぼしい素材はあったか？』

「パイロリザードの血とヒートエイプリーダーの脳味噌《のうみそ》は薬の素材になる。パイロリザードの火袋はそのままでも懐炉《かいろ》になりそうだ」

『ふむ。藍大、パイロリザードの血の一部とヒートエイプリーダーの脳味噌は薬師寺さんに渡してくれ。きっと使える薬にしてくれるはずだ』

「了解」

『そうだ、俺も藍大に用事がある』

「どんな用事？」

　素材関連ではなさそうなので、また掲示板で何かあったのかと藍大は心配になった。

『明日、藍大達にはクラン立ち上げの記者会見を開いてもらうことになった』

「会見なんて開いたら目立って仕方ないじゃん。掲示板に載るから俺はやりたくない」

『すまんな藍大。これは決定事項だ』

　茂に申し訳なさそうに言われたけれど、せめてもの抵抗だと藍大がネタに走る。

「強《し》いられてるんだ！　俺は記者会見を強いられてるんだ！」

『会見を開けばサクラちゃんとリルのことも公表できる。連れ歩きたいんだろ？』

「……はぁ、それならやる」

『よろしい。ところで藍大、お前ってスーツ持ってる？』

「俺のこと馬鹿にしてるだろ？　就活の時に使ってたやつがあるぞ」

『すまん。じゃあ、明日朝八時に迎えを寄越すからＤＭＵ本部に立石さんと一緒に来てくれ。それと、立石さんにもスーツ着てもらってくれ。会見の流れは広瀬経由でメールする』

「了解。じゃあな」

『おう』

藍大は茂との通話を終えて舞に訊ねる。

「舞ってスーツを持ってる？」

「昔の一張羅《特攻服》じゃ駄目？」

「スーツ、レンタルしないとな」

「ごめんね～。そもそも一度も着たことないの～」

記者会見に特攻服なんて掲示板のネタでしかないから、スーツのレンタルは必須である。

アイテムショップの出張所に移動すると、大量の素材に奈美が目を丸くした。

「お、おかえりなさい。す、すごい量ですね」

「まあね」

「薬師寺ちゃんにお土産あるよ～」

「お、お疲れ様です。お、お土産ですか？　わ、私に？」

「そう、お土産。茂から薬師寺さんに渡してくれって言われてるんだ。これとこれ」

藍大は瓶詰めしたパイロリザードの血とヒートエイプリーダーの脳味噌を取り出した。

「ち、血と脳味噌ですか⁉　お、お土産にするには頭おかしいですよこれ⁉」

「ごめんね。薬士の薬師寺さんなら有効活用できると思ってさ」

頭がおかしいと言われ、藍大は苦笑しながらお土産を奈美に渡した理由を説明した。

それを聞いて冷静になり、改めて奈美はお土産をじっくり見て笑い始める。

「クックック」

「薬師寺ちゃん？」

「フハハハハ」

「一体どうした？」

「ハーッハッハッハ！」

見事な三段笑いを披露する奈美に藍大達は困惑した。

「滾《たぎ》ります！　薬士としての血が騒ぎますね！」

「お、おう。でも、その前に買い取りよろしくな？」

「す、すみません！」

自分がハイになっていたことに気づき、奈美は藍大達に頭を下げた。

「そうだよな、薬師寺さんだって三段笑いしたい時があるよな」

「そういう薬師寺ちゃんも良いんじゃないかな～」

「ど、ドン引きしないで下さい！　ちょ、ちょっと面白い素材を見てハイになっちゃっただけなんです～！」

「奈美、怖い」

「クゥ〜ン……」

「い、言わないで下さい」

床に座り込む奈美を励まして買い取りを行った時には既に昼になっていた。

「藍大〜、お腹《なか》減った〜」

「そうだな。帰ったらすぐに作るよ。パイロリザードの肉でステーキでも焼く？」

「賛成！」

その直後に空腹のサインが鳴り、舞の顔が徐々に赤くなり始めた。

「舞が倒れる前に作るよ」

「倒れないもん！　藍大のご飯が美味《おい》しいのが悪いんだからね！」

「はいはい」

帰宅した藍大は大急ぎで昼食を用意した。

パイロリザードのステーキは好評で舞はぺろりと三枚平らげた。

そして、午後は明日の記者会見の準備に費やした。

◆◆◆

翌朝、藍大と舞はスーツ姿でＤＭＵ本部にいた。

麗奈と司は警備のために留守番しており、奈美は昨日藍大達が渡した品で薬の制作中だ。

サクラとリルは姿を見せて騒動にならないように一時的に亜空間で待機している。

藍大と舞がＤＭＵ本部の応接室で記者会見の待機をしていると、茂がそこにやって来た。

「よう。藍大もスーツだと雰囲気変わるじゃん」

「ツナギをディスんなし」

「ディスってねえよ。緊張してるんじゃねえかって心配は不要だったな」

「おう。俺は平気だ」

「問題は立石さんか」

藍大が応接室でリラックスしているというのに、舞はとてもソワソワしてあっちこっちを歩いているのを見て茂は苦笑した。

「記者会見なんてモンスターと戦うよりも楽だと思うけど？」

「そんなことないよ～。モンスターと戦ってる方がマシだよ～」

命の危険がない記者会見よりもモンスターとの戦闘の方が楽と思えるのは舞らしい。

藍大はどうとでも質問を躱《かわ》せるかもしれないが、自分はそこまでアドリブ力が高くないと自覚しているので記者会見は嫌なのだ。

そこで藍大がポンと手を打つ。

「そうだ、マスコミをモンスターだと思い込めばどう？」

「待て待て。それだと殴ったりするんじゃないか？」

「大丈夫だろ。メイス持って来てないし」

「ねえ、私をなんだと思ってるのかな～？」

「「ごめんなさい」」

迫力のある笑みを向けられると、藍大も茂も素直に謝った。

「メインは藍大だし、立石さんは隣で笑ってれば良い。自己紹介と質問が来た時だけ喋《しゃべ》ってくれ」

「は～い」

「そろそろ時間だ。会場に行こう」

藍大と舞は茂に連れられて会場に向かい、その途中で本部長と合流してから会場に入る。

茂が司会の位置に付き、藍大と舞、潤《じゅん》は大勢のマスコミの正面に座った。

「定刻となりましたので記者会見を始めます。本日の司会を務めます、ＤＭＵ解析班主任の芹江です。よろしくお願いします。それでは、最初に本部長からお話があります」

潤が挨拶をした後、茂が藍大に挨拶をするように話を振った。

「皆さんこんにちは。私が【楽園の守り人《も》】のクランマスター、逢魔藍大です。お義父《とう》さんではありませんのでくれぐれもご注意下さい」

その瞬間、会場内で吹き出す者が続出した。

舞や潤は必死に笑いを堪《こら》えており、茂は予定にないことを言うんじゃないと内心イラついていたがどうにか平静を装《よそお》った。

元々は普通に名乗るだけだったはずだが、藍大は最初にお義父さんではないと言っておかないといけないのではないかと思って付け足したのだ。

その結果がこれである。

「ユニークな自己紹介ありがとうございました。続いてクランのサブマスターからもご挨拶があります」

「【楽園の守り人】のサブマスター、立石舞です。逢魔と共に【楽園の守り人】を盛り上げて参ります。よろしくお願いします」

舞は表情が硬いが台本通りに話したので、茂は注意すべきなのは藍大だと思った。

「これより質疑応答の時間といたします。質問のある方は挙手をお願いします」

一斉に手が上がったが、僅かに早かった者にスタッフがマイクを渡す。

「週刊ダンジョンの鈴木《すずき》です。よろしくお願いします。早速ですが、逢魔さんの従魔を紹介していただけませんか？」

「構いません。【召喚《サモン》：サクラ】【召喚《サモン》：リル】」

「参上！」

「オン！」

サクラとリルが香ばしいポーズで登場した瞬間、藍大を除く全員がざわついた。

（だがちょっと待ってほしい。これは俺の指示じゃない）

茂の視線が怖かったので、藍大は茂と視線を合わせずに口を開く。

「リリムのサクラとクレセントウルフのリルです。盗撮写真が掲示板にアップされてしまったサクラが進化したので、バンシーはもういませんのでご承知おき下さい」

藍大がサクラが進化したことと盗撮は不快だとアピールすると、マスコミ達の何人かが視線を逸《そ》らした。

どうやら後ろめたいことがあったらしい。

「ありがとうございました。週刊ダンジョンは決して盗撮せず、正式にアポイントメントを取りますのでご安心下さい」

質疑応答はまだまだ続く。

「冒険者新聞の高橋《たかはし》です。逢魔さん、従魔士以外にテイムは不可能だと思いますか？」

「わかりません。私は職業技能《ジョブスキル》でテイムができるだけです。ダンジョンのモンスターは、今のところ例外なくダンジョン探索を行う冒険者を襲います。私の他にも種族限定でテイムできる職業技能《ジョブスキル》があるかもしれませんね」

「月刊パールの田中《たなか》です。シャングリラダンジョンは一般に開放されますか？」

「開放するつもりはありません。シャングリラは私の所有物であって、観光地ではありませんから」

「毎日ダンジョンの伊藤《いとう》です。逢魔さん、モンスターをテイムできる職業技能《ジョブスキル》は貴重ですよね。他のクランから同盟を結びたいと言われたらどうしますか？」

「今のところ何も考えてません」

「Ｇｏ ｔｏ ダンジョンの渡辺《わたなべ》です。立石さん、【楽園の守り人】に入った理由はズバリなんですか？」

舞がマイクを手に持った時、藍大はどうか変なことは言わないでくれと祈った。

キリッとした表情だから大丈夫かと思いきや、その予想は外れることになる。

「逢魔のことが大切だからです」

(財布と胃袋のことを言ってるんだろうけど誤解されちゃうからね、その言い方)

藍大がそう思うのも当然だ。

現に会場内はざわついている。

撲殺騎士が藍大に惚《ほ》れたとか、藍大が撲殺騎士の弱みを握ったとか声に漏らす者がいた。

「勘違いしないで下さい！　私は逢魔と一緒にご飯を食べて家計を任せる仲なだけです！」

(もう止《や》めて！　勘違いを加速させてるから今すぐ口を閉じて！)

舞が慌てて補足したが、藍大はその補足が余計なものだから一刻も早く舞に口を閉じてくれと心の中でツッコんだ。

結局、それから藍大と舞の関係性に関する質問が続いてすぐに会見の終了時刻を迎えた。

撲殺騎士が従魔士にテイムされたという下世話な内容を取り上げた所もあったが、すぐにDMUによって制裁が下された。

慌ただしかったものの【楽園の守り人】はどうにかクランとしてデビューした。

この会見で多くのクランや冒険者が藍大達の存在を知った。

【楽園の守り人】の存在が時代を加速させるのではないかという期待と不安の行く末はまだ誰にもわからない。

◆◆◆

神奈川県横浜市のとある豪邸では兄妹《きょうだい》が藍大達【楽園の守り人】の記者会見を見ていた。

「従魔士の逢魔藍大と撲殺騎士のクランか。面白い」

「あれが逢魔さんのテイムしたクレセントウルフか。モフモフしたい」

「真奈《まな》、勝手にモフモフするのは失礼だから許さんが、彼等《かれら》にアポイントメントを取ってくれ」

「任せて兄さん」

この兄妹は【レッドスター】という日本で有数のクランのクランマスターとサブマスターだ。

彼等にとっても【楽園の守り人】は注目に値するようだ。

三章　大家さん、同盟を持ち掛けられる

記者会見から戻った藍大《らんた》達は昼にダンジョン探索に行った。

「ふぅ、スッキリした～」

舞《まい》は記者会見のストレスをバブルフロッグにぶつけて一息ついたらしい。

バブルフロッグは薄い青色で子犬サイズの蛙《かえる》であり、泡を吐いて攻撃する。

体表の泡が舞の攻撃を吸収するも、舞の力が強過ぎてバブルフロッグは衝撃を吸収しきれなかった。

それでも舞が倒しても原形を留《とど》めているのだから、泡の吸収力は大したものだ。

藍大がリルと解体する隣でサクラが反応する。

「主、あそこ」

サクラが指差した天井には巨大な秋刀魚《さんま》が浮いており、藍大はその正体を調べる。

名前：なし　種族：フライングソリー
性別：雄　Lv：15

HP：180／180　MP：200／200
STR：200　VIT：210
DEX：70　AGI：180
INT：180　LUK：60

称号：掃除屋
アビリティ：〈水刃《ウォーターエッジ》〉〈刺突降下《スティングダイブ》〉

（秋刀魚のくせに贅沢《ぜいたく》過ぎやしないか⁉）

空を飛んでいるのはさておき、フライングソリーがSTR《力》やINT《知力》を活《い》かした攻撃をすると知って藍大は驚いた。

それでも【掃除屋殺し】のサクラには敵《かな》わない。

「サクラ、三枚おろしにしちゃえ」

「わかった！　それっ！」

【掃除屋】と対峙《たいじ》するサクラの全能力値が一・五倍になるから、フライングソリーは〈闇刃《ダークエッジ》〉を避けられずに三枚おろしになった。


『サクラがＬｖ25になりました』

『リルがＬｖ23になりました』


「主、倒した！」

「見事な三枚おろしだ」

「えっへん！」

「サクラちゃん可愛《かわい》い～」

サクラに舞が抱き着こうとするが、サクラは藍大の背中の後ろに隠れてやり過ごす。

大勢の前で香ばしいポーズを披露することはできても、舞のことは苦手のままらしい。

その後、解体作業に移ったのだが、フライングソリーはほとんど可食部であり素材として使えるのは鰭《ひれ》と尾鰭《おびれ》、目玉だけだった。

解体して魔石を取り出すと、それは功労者であるサクラの物だ。

艶《あで》やかな表情で魔石を飲み込めば、サクラの体が女子高生と呼べるサイズになる。

『サクラのアビリティ：〈不幸招来《バッドラック》〉がアビリティ：〈幸運吸収《ラックドレイン》〉に上書きされました』

藍大は〈幸運吸収《ラックドレイン》〉の効果を確認した。

（敵のLUKを自分のものにする⁉　サクラに宝くじやってもらおうかな⁉）

対峙する敵が強くなるならば、それに見合った武器や防具を用意するのにお金が要るから宝くじが藍大の脳裏をかすめた。

（いかん。サクラを道具みたいに扱うのは良くないな。良くねえよ）

ただでさえ戦闘は従魔に任せきりだというのに、儲《もう》けるためにサクラの力を借りるのは藍大の良心が認めなかった。

「主、どうしたの？」

「なんでもない。サクラ、強くなれて良かったな」

「うん！」

雑念を振り払ってから藍大達がボス部屋に行けば、そこにはバブルフロッグよりも一回り大きい緑色の蛙がいた。

「ゲロォォォッ！」

蛙が鳴いた瞬間、室内なのに蛙の上空から雨が降り出した。

「アオォォォン！」

リルは〈風鎧《ウインドアーマー》〉を展開して雨を防いでから突撃した。

藍大に体を洗ってもらうのは良いが、敵に自分の体を濡《ぬ》らされるのは嫌だからである。

そして、敵が主とその仲間を濡らそうとしていることを許すことができず、リルは蛙に向かって突撃した。

敵がレインフロッグだと藍大が知った時には、それが長い舌をリルに伸ばしていた。

「リル、舌を斬れ！」

「オン！」

リルが敵の舌を〈風爪《ウインドネイル》〉で切断すると、レインフロッグは力尽きていた。

「よしよし。リルは強いな」

「オン♪」

リルは顎の下を撫《な》でられると、もっと撫でてくれという表情で藍大の手を受け入れた。

体が冷えたせいで舞がくしゃみをしたので、藍大達は解体を済ませてダンジョンを脱出した。

普段ならば素材の買取依頼と報告を先に済ませるが、今日は藍大も舞もシャワーを優先させてもらったのは仕方のないことだろう。

シャングリラはそれぞれの部屋に浴室があるので、藍大はリルと藍大の部屋のシャワーを使い、舞はサクラと一緒に舞の部屋のシャワーを使うことになった。

舞の部屋の浴室に連れて来られたサクラは舞に抗議する。

「私、主と入る！　舞、嫌《や》！」

「それは駄目～」

舞はサクラを椅子に座らせるとシャワーで温水をかけてからシャンプーをしてあげる。

「痒《かゆ》い所はありませんか～？」

「……ない」

サクラは満面の笑みを浮かべる舞にシャンプーされると、舞には力で絶対に敵わないから藍大と一緒にシャワーに入ることを諦めた。

そして、鏡に映る舞と自分の体を比べ、いつか舞みたいなナイスバディになって藍大を魅了するんだと決意した。

シャワーの後に舞とサクラと合流して夕食を取り、それから藍大は今日の記者会見の影響を探ろうと掲示板を覗《のぞ》いた。

◆◆◆

【お義父《とう》さんじゃないよ】記者会見スレ＠1【従魔士だよ】

1．名無しの冒険者
お義父さんが駄目なら大家さんかね？

というか最初にお義父さんって言った奴《やつ》はＤＭＵに睨《にら》まれて資格停止になってる可能性あるな

2．名無しの冒険者
楽園（シャングリラ）に住んでるなら【楽園の守《も》り人】ってクラン名も妥当か
あの大地震にも耐えた立派な物件だから大金積んでも住みたいなんて声もある

3．名無しの冒険者
ここの一〇一号室がダンジョンで開放する気がないってことは、このダンジョンでテイマーさんは従魔をテイムしたんだ

4．名無しの冒険者
テイマーさんって二つ名は撲殺騎士や飲猿と比べれば全然ありだな

5．名無しの冒険者
そんなことよりシャングリラダンジョン入りてえ！
こいつらがモブとして出て来るとかすげーよ
つ（動画）（動画）

6．名無しの冒険者
トラウマ量産不可避な動画だし、グロ耐性低めで閲覧できない人向けに解説しよう
それぞれマネーバグがゴブリンを背後から襲ってムシャムシャする動画とヒートエイプに火の球を投げつけられた冒険者を消火する動画だ

7．名無しの冒険者
グロ動画のことは置いといてロリショージョが成長しちゃった話をしようぜ
まったく女子学生は最高だぜ！

8．名無しの冒険者
変態は華麗にスルーするとして、ジョ○ョ立ちで登場する従魔だなんてマーベラス
あの記者会見に参加して写真撮りたかった（血涙）

9．名無しの冒険者
それができるぐらいならシャングリラに入れるし、できないからこそ盗撮に走る馬鹿が

いて警備が厳しくなる

つーか、テイマーさんが【掃除屋】すらテイムできたってヤバくね？

DMUが否定してないってことはクレセントウルフのリルはマジで【掃除屋】ってことだろ？

10．名無しの冒険者

現在のテイマーさんの最高にクールな保有戦力を紹介するぜ

サクラ（リリム）・リル（クレセントウルフ）・撲殺騎士たん

11．名無しの冒険者

撲殺騎士が【楽園の守り人】に入ったのはテイマーさんを守るためってのは合ってるけど人間だからね⁉

てか、「たん」が似合わないで賞の受賞待ったなしだから！

◆◆◆

その先は冒険者達の怒りと妬みのコメントばかりで、藍大は掲示板を見るのを止《や》めた。

「主、何してる？」

「ん？　掲示板見てた。サクラとリルの召喚時のポーズが話題になってる。それと、明日からサクラもリルも俺と一緒に出掛けられるぞ」

「やったぁ！」

「オン！」

「さて、明日も早いしそろそろ寝るか」

「主、一緒に寝る」

「オン」

藍大達は記者会見とダンジョン探索で疲れていたのですぐに寝落ちした。

藍大達が掲示板を見ていた頃、隣の一〇三号室では舞もベッドの上でごろごろしながら同じスレッドを見ていた。

「サクラちゃんやリル君みたいに大事にしてもらえるなら、テイムされたって言われても良いかな」

そう呟《つぶや》く舞は自分よりも弱く、それでいて自分のことや懐《ふところ》事情を親身になって考えてくれる護衛対象のことを考えていた。

作ってくれるご飯は美味《おい》しく、特殊な職業技能《ジョブスキル》に覚醒しても決して驕《おご》らない藍大はとても好ましく思える。

舞は日を追うごとに藍大への想《おも》いが強まっている気がしたが、慣れない記者会見のせいで疲れも感じていたのでタブレットを置いて眠りについた。


五月になった木曜日の朝、藍大達が一〇二号室の外に出ると言い争う声が届いた。

「せやからウチはここの住民や！」

「だから証拠を見せなさいってば！」

「大家はんが証明してくれるって言うとるやろが！」

「私が藍大を呼びに行く隙に侵入するつもりでしょ！」

藍大は麗奈《れいな》と揉《も》めている相手を見て慌てて移動した。

「麗奈、待って。天門《あまかど》さんはここの住人だから。おかえり、天門さん」

「大家はん、助かったで！　遠征帰りで疲れとるのにこの女がウチの帰宅の邪魔をするんや！」

「マジでシャングリラの住人なの？」

「何度もそう言っとるやろ！　ウチは天門未亜《みあ》！　二〇三号室の住人や！」

抗議した未亜は立ち眩《くら》みを起こしてふらついた。

咄嗟《とっさ》に藍大が支えるが、遠征帰りで武器等を背負ったままの未亜は重くて支えた藍大が倒れまいと必死に踏ん張る。

「未亜ちゃんお帰り〜って、藍大が危ない⁉」

一〇三号室から現れた舞は駆け寄って藍大から未亜を受け取り、二〇三号室へ送り届けた。

「麗奈、昨日押し寄せて来た冒険者が多いのはわかるけど、住人じゃないって決めつけるのは駄目だろ。住人のリストは渡したよな？」

「リストを部屋に忘れちゃって」

「しっかりしてくれよ」

「面目ない」

夜間も麗奈と司《つかさ》は交代でシャングリラの前で見張っている。

今日の麗奈は早朝から見張りをしていたが、寝惚《ねぼ》けて住民のリストを部屋に置き忘れたらしい。

藍大が麗奈に注意を終えた時に舞が藍大達の所に戻って来た。

「天門さんは？」

「疲れてたみたいで荷物置いたらすぐに寝ちゃった」

「そっか。起きたら諸々《もろもろ》について説明しよう」

「うん。ところで、今からダンジョンに行くよね？」

「勿論《もちろん》」

「だったら今日は麗奈を連れてって。午前中の見張りは私がやるよ」

「なんで急に？」

「麗奈は不慣れなことばかりでストレスが溜《た》まってる。だから、ダンジョンでスッキリしてもらおうかなって」

「でしょ～」

「良いの⁉ ありがとう！ サブマスターは頼りになるわね！」

こうして、麗奈が藍大達に同行することになった。

「藍大、今日は私が護衛するわ！ 大船に乗ったつもりで任せなさい！」

「よろしく」

麗奈が先頭を進んでサクラとリルが藍大の両脇を固める。

「クゥ～ン……」

「どうしたリル？」

「主、あっち、臭う」

「臭う？ これは酒？」

リルが鼻を塞ぐようにして藍大の体に鼻を擦り付ける様子から、藍大は嫌な予感がして麗奈の様子を確かめた。

そうしたら、嫌な予感が的中して麗奈は顔を赤くして酔っぱらっていた。

「おいおい、嘘《うそ》だろ麗奈。臭いで酔ったの？」

「私は酔ってないであります！」

「そんな訳あるか！　顔が真っ赤じゃねえか！」

「轟《とどろき》麗奈、いっきま～す！」

「何処《どこ》のパイロットだよ！　あぁ、行っちゃった」

藍大を慰めるようにサクラが肩をポンポンと叩《たた》き、リルも脚に頬擦りした。

「すまん。サクラもリルもありがとう」

藍大が気持ちを切り替えたタイミングで遠くから麗奈が戦っている声が聞こえる。

「ほわたぁっ！」

藍大達が先に進むと、そこには麗奈に殴り飛ばされたと思われる酔っぱらいの顔付きキノコの死体が散らばっていた。

モンスター図鑑によれば、ハンドボールサイズの敵はドランクマッシュだった。

このモンスターは〈酒霧《リカーミスト》〉で空気中に酒の霧を飛ばして敵を弱らせる。

ところが、ドランクマッシュ達は飲猿と恐れられた麗奈に倒されてしまった。

麗奈は酔った方が強いかもと思ったが、藍大達はそれらの死体を回収して先に進む。

分かれ道を右に進むと、ドランクマッシュ達の死体の横で寝ている麗奈の姿があった。

ドランクマッシュを相手に無双ゲームをやり終えた後、麗奈は電池が切れたように寝てしまったようだ。

藍大が麗奈を壁際に移動させてドランクマッシュの死体を回収していると、進路の奥に藍大の腰まである紫色の花のモンスターが咲くように現れた。

そのモンスターが花を閉じて砲台のように変形すると、藍大達に向かって種を連射した。

サクラが〈闇刃《ダークエッジ》〉で種を斬り、その間に藍大がモンスター図鑑で敵の正体を調べた。

その結果、【掃除屋】のシードシューターLv15だと判明した。

ドランクマッシュよりはクセがないからサクラが〈幸運吸収《ラックドレイン》〉で不幸状態にさせてリルが〈風爪《ウインドネイル》〉で一気にHPを削り切った。


『サクラがLv26になりました』

『リルがLv24になりました』

『リルが称号【掃除屋殺し】を獲得しました』

「サクラ、リル、よくやったな」

「エヘヘ〜♪」

「クゥ〜ン♪」

サクラとリルは嬉《うれ》しそうに藍大に撫《な》でられた。

藍大がシードシューターを解体してその魔石をリルに与えたところ、リルの体がバイク並みに大きくなった。

『リルのアビリティ：〈風爪《ウインドネイル》〉がアビリティ：〈三日月刃《クレセントエッジ》〉に上書きされました』

(今回は上書きか。Ｌｖ30未満は多くてもアビリティ三つって制限があるのか？)

その予想に対する答えは残念ながらモンスター図鑑にはない。

調べるには藍大がＬｖ30以上のモンスターを鑑定する必要がある。

このままサクラ達を育てればＬｖ30に到達するまでそう遠くはないだろう。

とりあえず、藍大達は麗奈を拾ってボス部屋へと向かう。

酔っぱらって寝てしまった麗奈を支えて歩くのは、一般人並みの力しかない藍大にとって楽ではない。

その状態でドランクマッシュに襲撃されれば、泥酔《でいすい》の状態異常に陥るリスクがある。

ならばいっそのこと、視界に入っているボス部屋に入ってサクッとフロアボスを倒してダンジョンを脱出した方が安全だろうという判断をしたのである。

まったく、護衛が護衛される立場になるなんて情けない。

というよりも、舞が気を遣って息抜きにダンジョン探索の役目を今日は譲ってあげたというのに、酔っぱらって爆睡するとは麗奈は何をやっているのだろうか。

残念なことに、藍大が寝ている麗奈にツッコんでも効果はないので、今は前に進むしかなかった。

ボス部屋にはいかつい顔の巨大赤キノコが鼻から蒸気を放出して待ち構えていた。

「キノッコォォォッ！」

「キノコアピールがウザい⁉」

気を取り直して藍大がモンスター図鑑で調べると、フロアボスのアングリーマッシュだった。

その能力値はシードシューターには及ばないが二つのアビリティは要注意である。

一つ目の〈怒蒸気《アングリースチーム》〉は触れるか吸い込むと興奮状態になってしまう。

二つ目は〈怒蹴《アングリーキック》〉で威力は使用者の怒りに応じてＳＴＲの値に上乗せされる。

既にアングリーマッシュは〈怒蒸気《アングリースチーム》〉で興奮しているらしく、目が完全に薬をキメた者のそれになっていた。

「リル、新しいアビリティ試そう」

「オン！」

リルは〈三日月刃《クレセントエッジ》〉を放ち、アングリーマッシュの笠と柄を切断した。

〈風爪《ウインドネイル》〉の時よりも〈三日月刃《クレセントエッジ》〉の方が速くて鋭く、自らを強化していたアングリーマッシュを一撃で倒してしまった。

「アオォォォン！」

リルが勝利の雄叫《おたけ》びを上げて戻って来たので、藍大はリルを褒めた。

「お疲れ様。〈三日月刃《クレセントエッジ》〉の威力がすごいな」

「クゥ〜ン♪」

藍大達はアングリーマッシュの死体を回収した後、麗奈を連れてダンジョンを脱出した。

一〇一号室から藍大達が出て来ると、麗奈が藍大に支えられていることに気づいて舞が駆け寄る。

「藍大、麗奈に何があったの⁉」

「大丈夫。酔っぱらって寝てるだけだ」

「酔っぱらってる？　なんで？」

「ドランクマッシュの〈酒霧《リカーミスト》〉の混じった空気で麗奈が酔っ払って独断専行で俺達置いてきぼり。ドランクマッシュの群れの死体の中心で寝る麗奈を発見。麗奈を背負って【掃除屋】とフロアボスを倒して帰宅」

「藍大の護衛してないじゃん！　私が交代した意味をまったくわかってない！」

「予想外の状態異常とはいえ護衛がこれじゃ駄目だよなぁ」

「次から色んな状況を想定してもらわないとね」

藍大と舞が真剣に麗奈の処遇について話し合っていると、二〇一号室から司が降りて来た。

「藍大、舞、騒がしかったけど何が……、うん、大体察した。麗奈がごめんね」

司は麗奈が二つ名を手にした時の状況に似通った点を見つけて状況を理解し、すぐに藍大達に謝った。

「何が起きたかわかったのか？」

「原因はわからないけど、麗奈が酔っ払って暴走した後寝ちゃって藍大達に迷惑をかけたことはわかった」

「大体合ってる。今回の件は茂に言えば対策できると思う？」

「シャングリラのダンジョンが特殊過ぎるから難しいかな。できるだけ準備するけど絶対大丈夫とは言えない」

「「やっぱり」」

「二人もそう思ってたんだ？」

司の問いに藍大も舞も無言で頷《うなず》き、藍大は確認のため茂に連絡した。

その結果、茂の口から司の予想通りの回答が告げられた。

リベンジして同じミスを繰り返されては困るため、麗奈は対策ができるまで門番だけさせることになった。

自分も巻き添えを食うかと思った司だが、彼なら不注意でミスしないだろうとダンジョン探索と門番を半々で継続することが認められた。

藍大達が話していると麗奈がようやく目を覚ました。

「う〜ん。ここはどこ？　確か、私はダンジョンにいたはずじゃ」

「麗奈はドランクマッシュにやられてダンジョン内で寝てたんだよ。それを藍大が回収してここにいる」

「ドランクマッシュ？　思い出したわ。私、頭がぼ～っとした中でドランクマッシュを倒しまくったの。倒し尽くしたら気が遠くなって、気が付いたらここにいたわね」

麗奈は記憶がなくなる酔い方ではなく、ある程度記憶が残る酔い方をしたらしい。

「麗奈が藍大を放置して大暴れするから、【掃除屋】を倒すのも一階のフロアボスを倒すのも藍大達がやったんだよ」

「……藍大、サクラ、リル、ごめんなさい」

「対策ができるまでしばらく門番だけやってもらうからね」

「うぅ、了解。舞も折角気を遣ってくれたのにごめん」

麗奈は状況を理解してやってしまったと反省しているようだ。

「護衛が護衛対象を置いてっちゃ駄目。次はないからね」

「わかったわ」

全面的に自分の不注意のせいなので麗奈は舞に反論せず頷いた。

とりあえず、麗奈へのお説教が終わると司が舞と見張りを交代してシャングリラの隣にあるアイテムショップの出張所に移動した。

奈美《なみ》に今日の戦利品を売り渡してから藍大達は昼食を取るために帰宅した。

藍大達が昼食を済ませた頃に一〇二号室のインターホンが鳴った。

「もしもし、ウチやでウチ」

「ウチウチ詐欺は回れ右でよろしく」

「大家はんわかっててそんなこと言わんといて」

「冗談だ。ほら、入ってくれ」

藍大がドアを開けると上下スウェット姿で髪を後ろで結んだ未亜がいた。

未亜は藍大の後ろにいるのが自然体になっている舞の姿を見てニマニマする。

「あらー、ウチがお邪魔やったから塩対応やったんやな。二時間ぐらい後に出直してもええんやで？」

「未亜ちゃん、私は財布と胃袋を藍大に預けてるの。だから、藍大やサクラちゃん、リル君とご飯を食べてたんだよ」

「いつの間にか呼び捨てやないの大家はん」

「天門さん、クランのことを聞きに来たんでしょ？」

絡《から》み方が親戚が集まった時に絡んでくるおじさんと同類なので、藍大はやれやれと言わんばかりに首を振って脱線した話を軌道修正した。

「せやったわ」

「端的に言うと、シャングリラにダンジョンが出現して便乗しようとする輩《やから》を牽制《けんせい》するために【楽園の守り人《も》】を立ち上げた」

「ウチも掲示板見て大体把握しとる。ホンマに大家はんが開けへんと一〇一号室の中がダンジョンにならへんの？」

「未亜ちゃん、それは私が保証するよ」

「信じられるか？　大家なのに自力じゃ一〇一号室に入れなくなったんだぜ」

舞が胸を張って答えて藍大はどうしようもないんだと告げる。

「なんやけったいなことになっとるなぁ。ところで、大家はんって何体までテイムできるん？」

「わからん。限界を考えたことなかったし、従魔士に覚醒した時に何体までテイムできるなんて情報はなかった」

「やろうと思えばいくらでもテイムできるんか？」

「それは二つの理由から厳しいかな」

「なんでや？」

未亜は藍大に理由の説明を促す。

「まず、俺がモンスター図鑑をモンスターに被《かぶ》せないとテイムできない。俺の身体能力じゃ単独でテイムできるチャンスは少ない」

「サクラちゃんの時は偶然できて、リルの時は協力者がおったんやな。でも、それはいくらでもテイムできないことにはならんで」

「もう一つの理由は数が多いと食費が足りなくなるからだ」

「全員に食わせるつもりなんかい！」

「当然だ。サクラもリルも俺の料理を楽しみにしてる。他の従魔をテイムしたら仲間外れにできない」

「私、主、作る、ご飯、好き！」

「オン！」

「私も好き！」

「ちょい待ち。一人明らかに従魔じゃないのが入っとる」

サクラとリルに便乗して舞も言うと、未亜が待ったをかけた。

「さっき舞が財布と胃袋を預けてるって言ったろ？　舞の食事は俺の担当だ」

「もう夫婦でええやん。早《はよ》う結婚せい」

「う〜ん、夫婦もありかもね〜。藍大は優しくて甲斐性《かいしょう》あるし、ご飯も美味《おい》しいし」

「えっ、ホンマに？」

「うん。私のメイスと盾は藍大が【掃除屋】の素材で作った物をプレゼントしてくれたの。

私が使っても簡単に壊れない装備をね。もう、これが婚約指輪でも良いかなって」

舞は自分が貧乏だからこそ、相手に婚約指輪と結婚指輪を別々に用意してもらうのは金銭的に難しいのではないかと思っている。

それに加え、もしも藍大と婚約するなら指輪の代わりに自分のためにとプレゼントしてくれたマッシブメイスとマッシブシールドは婚約指輪と同じぐらいの価値があると思ってそう言ったのだ。

舞の発言を受けて未亜がそれでも良いかと頷くかと言えば、当然のことながら認めたりしない。

「そんな野蛮なプロポーズがあって堪《たま》るかい！」

(落ち着くんだ俺。なんだかわからねえけど舞が俺と結婚しても良いとか言い始めたぞ。マジで?)

藍大は黙りながらもしそれが現実になったらと妄想を膨らませた。

舞の料理を作り、その他にも甲斐甲斐《かいがい》しく舞の世話をする自分の姿が思い浮かんだ。

(完全に俺が主夫だ。ご飯にする?　お風呂《ふろ》にする?　それとも……のくだりが期待できない！)

残念ながら、藍大は舞がエプロンを着て自分の帰宅時にそんなセリフを言われる姿を全く想像できなかった。

「主、私の！」

「オン！」

藍大が結婚してしまえば、自分達に向けられる愛情が減るのではとサクラとリルは恐れたらしい。

「大家はん、舞とピンク色なこと妄想しとったんか？」

「俺が主夫として甲斐甲斐しく舞の世話をしてる風景しか想像できなかった」

若干悔しそうに言う藍大を見て、未亜は無言で藍大の肩をポンポンと叩《たた》いた。

「クランの話に戻るぞ。【楽園の守り人】は俺がクランマスター、舞がサブマスターだ。クランメンバーは麗奈と司、薬師寺《やくしじ》さんがＤＭＵからの出向扱いで在籍してる」

「過半数がＤＭＵとかズブズブの関係やけど、その方がちょっかいかけられへんか。なあ、ウチも【楽園の守り人】入れてくれるん？」

「条件付きで良いよ」

「はっ、まさか⁉　ウチの体は安くはないで！」

「タイプじゃないから遠慮する」

「ウチの体を張ったボケにマジレスすな！　ボケられたらボケ返そうと思ったのになんで

ウチがダメージ受けとんねん！」

哀れな未亜は藍大に真顔で返事をされて心にダメージを負ったが、藍大は気にせず話を進めていく。

「条件は俺がシャングリラを管理するのに不利益なことをしないことだ。シャングリラのダンジョンの戦利品を薬師寺さんのアイテムショップ以外で売ることは禁止だし、クランで手に入れた情報を他所《よそ》に流そうとした時点で除名。ついでにＤＭＵに報告してペナルティーを課すことになる」

「ひぇっ、クランに加入して裏切ったら今後の冒険者生命は終わりやん」

「でも、それ以外に特に縛りはない。天門さんに護衛の役割は頼まないし、気が向いた時だけ俺達と探索してくれれば良い。天門さんって縛られるの嫌いだろうから」

「その通りや。けどホンマにその条件でええんか？」

藍大に指摘された通り、未亜は自由を好むがクランに入ってしまえばその方針に従わねばならない。

凄腕《すごうで》弓士の未亜を囲おうとするクランは少なくないけれど、未亜はそんな状況にうんざりして自由が保障された【楽園の守り人】へ入りたいと考えた。

「別に構わない。それに、シャングリラに住んでるのにハブるのって嫌じゃん？」

「せやな。仲間外れは寂しいし【楽園の守り人】にお世話になるで。クランマスター、ウチのことは未亜と呼んでくれや」

「未亜、これからよろしく」

「ウチこそよろしゅう頼むわ」

藍大と未亜が握手を交わし、未亜が【楽園の守り人】に加入した。

◆◆◆

連休前日の金曜日を迎えた。

冒険者は休もうと思えばいくらでも休めるが、動ける間に稼がないと引退した後に貧しい生活を余儀なくされる。

だから、勤勉な冒険者はGWが近づいていようともダンジョンに行く。

それは藍大が家賃収入メインで冒険者が副業でも変わらない。

藍大はサクラとリルを連れて一〇一号室の前で舞と未亜と合流する。

昨日の話を受けて未亜が試しに一〇一号室のドアを開けてみた。

「一〇一号室やな」

「俺以外にとってはただの一〇一号室だな」

未亜が閉めたドアを藍大が開けると、一〇一号室の中は洞窟に変わっていた。

「何これおもろい」

「大家なのに一〇一号室に自由に出入りできないからどうにかしたいところだ」

「冒険者としては？」

「家賃以上の稼ぎがあるからありがたい」

雑談を終えてダンジョンに入って早々に藍大達はマネーバグの集団に出迎えられた。

これにより、シャングリラダンジョンが一週間単位の日替わりダンジョンだと判明した。

「うわぁ、マネーバグが仰山おるやんけ！」

「あれ、悪い奴《やつ》！　倒す！」

未亜はレアなマネーバグが雑魚《モブ》並みに現れたことに驚き、サクラはリベンジが済んでもマネーバグを嫌っていた。

「なあ、最初の一撃はウチに任せてもらえんか？　ウチの実力を見せたるわ」

未亜の実力を知っておきたいので、藍大は未亜にこの場を任せた。

「それなら任せた」

未亜は素早く弓を構え、マネーバグ達を狙って矢を放った。

マネーバグはいずれも小さいにもかかわらず、一本矢を放っただけで三体は貫通させて仕留めた。

「お見事」

「せやろ」

ドヤ顔の未亜だが、マネーバグはまだたくさん残っている。

「藍大、もう私達も戦って良いよね？」

「よろしい。やってしまえ」

「よっしゃオラァァァ！」

「えいっ！」

「オン！」

「圧倒的やないか、我が軍は」

「未亜のじゃなくて俺のだ。つーか負けフラグ止《や》めて」

「大丈夫や。妹が背後におらんからな」

戦闘モードの舞、〈闇刃《ダークエッジ》〉を使うサクラ、〈三日月刃《クレセントエッジ》〉を放つリルを見て未亜が余計なことを言うと、藍大が待ったをかける。

実際のところ、藍大達はマネーバグに苦戦せず、フラグも立てずにボス部屋の前まで辿《たど》り着いた。

ただし、既に多くのマネーバグを屠《ほふ》ったことでボス部屋の扉の前に【掃除屋】らしきモンスターが現れた。

「宝箱？」

藍大が口にした通り、目の前にあるのは宝箱だった。

しかし、それがただの宝箱とは思えなかったため、藍大はモンスター図鑑で調べた。

名前：なし　種族：ミミック

性別：なし　Lv：15

HP：190／190　MP：220／220

STR：220　VIT：200

DEX：250　AGI：0

INT：0　LUK：200

称号：掃除屋

アビリティ：〈毒噛《ポイズンバイト》〉〈偽金《フェイクマネー》〉

（マッシブロックよりも硬い宝箱ってなんだよ）

ミミックがマッシブロックのＶＩＴ《生命力》を超えていたので、藍大が驚くのも無理はない。

「あの中にお宝入ってるんやろか？」

未亜がそう言った瞬間、ミミックの口が開いてその中に金貨が見えた。

「丸儲《もう》けや！」

「待った。それは〈偽金《フェイクマネー》〉で作った偽物《にせもの》だ。こいつはミミックだぞ」

「なん……やと……」

未亜が上げて落とされたせいで膝から崩れ落ちた。

それを見たミミックの蓋に目がぱっちりと現れ、下卑た笑みを浮かべた。

「あいつ、未亜が引っ掛かったことで喜んでるな。サクラ、〈幸運吸収《ラックドレイン》〉だ」

「は～い！　いただきま～す！」

サクラが〈幸運吸収《ラックドレイン》〉でミミックのＬＵＫを吸い尽くすと、ミミックの中にあった金貨から光が失われて黒くなる。

どうやら金貨の見た目はミミックのLUKに影響するらしい。

「藍大、倒して良い？」

「舞も待って。あいつ、〈毒噛《ポイズンバイト》〉を会得《えとく》してる。噛《か》まれて毒を喰《く》らいたくないからここは俺達がやる」

「わかった」

「サクラ、リル、遠くから攻撃だ」

「えいっ！」

「オン！」

サクラは〈闇刃《ダークエッジ》〉、リルは〈三日月刃《クレセントエッジ》〉でミミックを遠くから攻撃した。

サクラとリルには【掃除屋殺し】があるから、普通の戦闘時よりも全能力値が上がっている。

AGI《敏捷性》が0のミミックは動けず、藍大達が近寄ってもくれないので攻撃できずにダメージを一方的に受けるから、一分もかからずにミミックが力尽きた。

『おめでとうございます。従魔の能力値の一つが初めて1000に到達しました』

『初回特典として本日は獲得経験値が倍になって従魔に与えられます』

『サクラのレベルが3つ上がってLv29になりました』

『リルのレベルが3つ上がってLv27になりました』

初回特典という想定外のシステムメッセージに藍大は驚いた。

1000を超えた能力値とはサクラのLUKだ。

サクラが【幸運喰らい】の効果でLUKの数値が倍になり、ミミックのLUKを〈幸運吸収《ラックドレイン》〉で奪ってLUKが1000に到達した。

どんな基準で特典が用意されているのかはわからないが、藍大は得をした気分になった。

「サクラ、リル、よくやった」

「エヘヘ～♪」

「クゥ～ン♪」

藍大に褒められて頭を撫《な》でられれば、サクラもリルもご機嫌になった。

その後、ミミックの解体をしようとした藍大達だったが、ミミックの中には黒い金貨がなかった。

黒い金貨はMPによって創造された物だったらしく、ミミックが死んで消えてしまったのだ。

魔石は藍大が貰《もら》い、ミミックの死体は解体せずにそのまま持ち帰って茂に解析してもらうことにした。

「主、魔石、欲しい」

「サクラは欲しがりだな。あげたいけど少し待ってくれ」

「どうして？」

「これがサクラの物だってことは約束するが、もうすぐLv30で進化できるかもしれない。どうせ魔石を使うなら、進化後の方が新しいアビリティを強化できる可能性があるだろ？」

「わかった！　主、預ける！」

「良い子だ」

回収作業を終えた藍大達はボス部屋の扉を開ける。

その先に待っていたのはハンドボールサイズの甲虫だった。

特筆すべきは甲虫の全身が一万円札と五千円札、二千円札、千円札でコーティングされていることだ。

藍大はモンスター図鑑で敵の正体を調べて共有した。

「ビルビートルだってさ」

「ビル要素ないよ？」

「紙幣《ビル》でできた甲虫っちゅう訳やな。見たまんまやないか」

舞はビルと聞いてビルディングのビルを思い浮かべて首を傾《かし》げたが、未亜は紙幣を英語に訳すとビルになると即座に理解した。

高校時代は授業をサボりがちな元レディース総長な舞と普通の女子高生だった未亜の学力の差がここで露呈した。

そんな話をしていると、ビルビートルが藍大達目掛けて突撃して来た。

「無駄だぞコラァ！」

マッシブシールドで突撃の勢いを殺すように弾き、スピードが０になった瞬間に舞はマッシブメイスを振り抜いた。

その結果、ライナーと呼ぶに相応《ふさわ》しい感じでビルビートルは吹き飛ばされた。

「サクラ、とどめだ」

「うん！　それ～！」

吹き飛ばされて背中から落ちたビルビートルに対し、サクラは〈闇刃《ダークエッジ》〉でその腹を突き刺してとどめを刺す。

『サクラがLｖ30になりました』

『サクラが進化条件を満たしました』

『リルがLｖ28になりました』


「サクラ、予想通りだ。また進化できるってよ」

「やった～！」

「サクラちゃん、また進化するの？」

「そうらしい。舞もお疲れ様」

「あれぐらい大したことないよ。装備の質が良いからね～」

舞はドヤ顔だった。

ビルが紙幣を意味するとわからなくとも、倒せるならば全く問題ないと言いたげである。

「ボーッとしてる間に終わってしもた。舞とサクラちゃんが強いんか、ビルビートルが弱いんかわからへんで」

「前者だろ。俺が突撃を喰らったら間違いなく大怪我《けが》してる」

「……せやなぁ」

藍大はビルビートルの死体を回収した後、モンスター図鑑のサクラのページを開いた。

その備考欄には、バンシーからリリムに進化した時のように進化可能の文字があった。

「サクラ、進化させるぞ」

「うん！」

藍大が図鑑の進化可能の文字に触れた瞬間、サクラの体が光に包まれた。

光の中でサクラのシルエットが大きくなって腰の位置に翼が移動し、女子高生から女子大生へと成長する。

背中の蝙蝠《こうもり》の翼はワンサイズ大きくなり、服装はタイトなミニスカが特徴的なシルエットに変わった。

光が収まると、肩ががっつり見えて胸も強調された白と黒のミニスカドレス姿のサクラの姿があった。

髪の色は少し濃いピンクになり、髪型は三つ編みハーフツインにアレンジされている。

黒い翼をパタパタと動かすと、宙に浮くというよりもしっかりと飛んで藍大に抱き着く。

「主、進化したよ。大人っぽくなったでしょ？」

「進化前よりも流暢《りゅうちょう》に喋《しゃべ》るようになったな」

『サクラがリリムからリリスに進化しました』

『サクラがアビリティ：〈影鎖《シャドウチェーン》〉を会得しました』

『サクラのアビリティ：〈魅了《チャーム》〉がアビリティ：〈誘惑香《フェロモン》〉に上書きされました』

藍大がキープしておいた魔石を手渡そうとすると、サクラは首を横に振る。

「主が食べさせてくれなきゃ嫌」

「大きくなっても甘えん坊だな。ほれ、あ～ん」

「あ～ん。んん～♪」

進化前よりも艶《あで》やかな表情で魔石をゴクリと飲み込むと、サクラの胸のサイズが手に収まらないサイズに成長した。

「なんやて⁉」

貧乳の未亜にとって、魔石を取り込んでサクラがバストアップするという事実は見過ごせない。

弓を引くのに邪魔になるから、大きな胸があったら困るというのにコンプレックスとは悩ましい。

『サクラのアビリティ：〈影鎖《シャドウチェーン》〉がアビリティ：〈闇鎖《ダークチェーン》〉に上書きされました』

システムメッセージが止《や》むと、藍大はすぐにサクラのステータスを調べた。

名前：サクラ　種族：リリス
性別：雌　Lv：30

HP：360／360　MP：520／520
STR：320　VIT：320
DEX：320　AGI：340
INT：360　LUK：580（＋580）

称号：藍大の従魔
　　　幸運喰らい
　　　掃除屋殺し
アビリティ：〈幸運吸収《ラックドレイン》〉〈闇刃《ダークエッジ》〉

〈誘惑香《フェロモン》〉〈闇鎖《ダークチェーン》〉

備考：ご機嫌

（ＬＵＫが突き抜けてるけどそれ以外はそこそこバランス良いな。それはそうと良い匂いがする）

そう思いながら藍大がサクラの全身を見ていると、進化前よりも魅力的に思えた。

（しっかりしろ。俺はサクラの主人だろうが）

藍大は深呼吸してからモンスター図鑑でその原因を調べたところ、〈誘惑香《フェロモン》〉が原因だと突き止めた。

アクティブアビリティの〈魅了《チャーム》〉は発動する意思がなければ発動しなかったが、パッシブアビリティの〈誘惑香《フェロモン》〉は常に発動してしまうものだった。

その効果は異性を誘惑する物質を分泌し、良い匂いとして感じさせる。

熟練度が上がれば調整ができるようだが、会得《えとく》したばかりでは〈誘惑香《フェロモン》〉を自由にできる程の熟練度はなかった。

それゆえ、〈誘惑香《フェロモン》〉で藍大が誘惑されかけたのだ。

ちなみに、誘惑されると使用者の言うことに逆らえず、意思が弱いと従順な奴隷になる。

(どうしよう、サクラの悪女化が止まらねえ)

「どうしたの主？　どこか具合悪いの？」

心配そうな口調だが藍大を誘惑しようとするサクラを見て舞が引き剝がした。

「舞、邪魔しないで。私は主の具合を確かめてるの」

「藍大の貞操は私が守る」

「舞はいつも邪魔をする。私達の家にずけずけと入って来るし。主は私のものなの」

「藍大の独占は駄目。とにかく駄目。絶対駄目」

サクラと舞が言い争うのを見て未亜がニヤニヤしながら藍大の方を見る。

「ほっほ～。クランマスター、モテモテやないか」

「揶揄《からか》ってる暇があるならサクラと舞を止めてくれない？」

「ウチ、自分よりも胸のある女がいなくなる分には困らへんから」

「そんなこと言ったら……」

「何か失礼なことを考えとるな？　ほれ、白状してみいや」

未亜が苛立《いらだ》ちを込めた言葉を藍大に向けて吐くと、サクラと舞が無言で睨《にら》み合うのを中断して藍大を守るように間に割って入った。

「未亜、それ以上はいけない」

「そうだよ未亜ちゃん」

「くっ、ウチの前に立ちはだかる壁が大きいで。って誰の胸が壁のようや！」

「「言ってない」」

「オン」

未亜のノリツッコミに対し、未亜以外の全員の意見が一致した。

やることを終えてダンジョンを脱出する際、藍大は両腕をサクラと舞にがっしりと抱かれており、互いに藍大は自分のものだと争っている。

藍大達がダンジョンを脱出すると、シャングリラの外で司がナンパされていた。

(司目当ての奴《やつ》がここまで来たのか。というか麗奈はどうした？)

藍大が入口の方を見渡すと、いかにも冒険者らしい男達が司に群がっており、麗奈は入口の隅でしゃがんで地面にのの字を書いていた。

「なんやあれ？」

「司が麗奈よりモテてるせいで麗奈がいじけてる図」

「流石《さすが》は開拓者だね～」

「正直あの女は好かんけど、この状況だけは同情したるわ」

昨日遠征帰りにシャングリラへの帰宅を邪魔されたから、未亜は麗奈に良い感情を抱いていない。

そうだとしても、自分に見向きもせずに司に群がる男達のせいで、一人の女としての自信を失った麗奈には未亜も同情的である。

司がDMUの制服を女性用に見える司専用のものから男性用に変えればナンパは減ると思う者もいるかもしれないが、それは認識が甘過ぎる。

司が男物の制服を着ていると、制服の配給を間違えたと詫《わ》びを入れられて強制的に司専用のものに変えられてしまう。

男性用の更衣室で着替えようものならば、他の利用者達にここは男が着替える場所だと心配そうに言われる悲しみを司以外が味わったことがあるだろうか。

それはさておき、シャングリラの外に冒険者が集《たか》ると近所迷惑であり、隣のアイテムショップ出張所に移動することもできない。

ここは大家として、【楽園の守《も》り人】のクランマスターとしてビシッと言うべきだろうと判断し、藍大は舞達を連れてシャングリラの外に出た。

「近所迷惑だからどっか行ってくれる?」

「お義父《とう》さん⁉」

「お義父さんじゃないって会見で言ったよな？」

「馬鹿野郎！　お義父さんって呼ぶな！　テイマーさんと呼べ！」

「撲殺騎士は良いとして、反対側にいるのはまさかサクラたん⁉」

「ぶひゃあ、たまんねえ！」

サクラを意識した途端、その場にいた男達はサクラの〈誘惑香《フェロモン》〉にやられて目をハートにした。

「主が嫌がってるのがわからないの？　ここに二度と来ないで」

「「「イエスマム！」」」

サクラに命じられた男達は、先程までしつこく司にアプローチしていたのにあっさりと撤退していった。

「ありがとう」

「お礼は良いよ。私は主の邪魔になる者を排除しただけ」

「流暢に喋ってる。藍大、もしかしてまた進化したの？」

「正解。リリスに進化した」

「それはまた芹江《せりえ》さんが驚きそうだ」

「だな。んで、さっきの連中の用は何？　まさか、最初から司目当てじゃないよな？」

「はうっ⁉」

藍大の発言が麗奈のメンタルに追い打ちをかける。

「藍大、そんなこと言っちゃ駄目だよ。麗奈が見向きもされなくて傷ついてるんだから」

「がはっ」

舞がとどめを刺して麗奈は横に倒れてピクピクと痙攣《けいれん》した。

「死体蹴りなんて二人共酷《ひど》いわぁ」

未亜は武士の情けと言わんばかりにそれ以上何も言わなかった。

司は自分が何を言っても慰めにならないとわかっているので、麗奈の反応をスルーして藍大の質問に答えた。

「最初は自分達もシャングリラダンジョンに入れてくれって言ってたけど、断ったら僕がナンパされた」

「どうしてそうなった？」

「僕に訊《き》かないでよ」

これ以上訊いてもどうしようもないと理解し、藍大は詫びてからスマホを取り出した。

電話する先は当然ながら茂である。

「良いニュースと悪いニュースがあるけどどっちから聞きたい？」

『ハリウッド映画かよ。それなら悪いニュースからだ。最後に気分が悪くなるのは避けたい』

「了解。シャングリラに押しかけて来た連中がいた。サクラのアビリティで追い返したが、クランを設立しても抑止力が機能してない」

『無所属の奴等《やつら》だろうな。写真とか撮ってないか？』

「シャングリラの監視カメラがある。シャングリラに不審者が寄り付かないように結構前から設置してたんだ。あそこに映ってれば映像データを提出できる」

『ナイス。データさえあれば今日押しかけて来た奴等に厳重注意できる。それでもやるなら資格停止処分も考える』

「もう来ないと思うぞ」

『何故《なぜ》？』

根拠がありそうな藍大の言い方に茂は理由を訊く。

「それが良いニュースにも関わって来るんだが、サクラがリリスに進化した。その時に会得したアビリティでシャングリラに来た連中を追い返したんだ」

『また進化したのか。戦力が増える分には良い話だ。武力で追い返したのか？』

「いや、〈誘惑香《フェロモン》〉ってアビリティで帰るように命令した」

『名前からして意識を支配したっぽいな』

「パッシブだから頭悪そうな連中はサクラに命じられただけであっさりと帰ったぜ」

『藍大、サクラちゃんに手を出すなよ？』

「出さないって。ついでに報告すると、フロアボスのビルビートルと【掃除屋】のミミックの死体を薬師寺さん経由で売るわ。原形は残ってるからそっちで解析してくれ」

『それも良いニュースだ。至急こちらに配送してもらうよう手配しとく』

解析班の茂からすれば、フロアボスや【掃除屋】の死体を解析できるのはありがたい。

それゆえ、サクラがリリスに進化したニュースよりも喜んでいた。

『折角藍大から連絡をもらったから、ついでに話しておきたいことがある』

「何事？」

『【楽園の守り人】に会談希望の連絡がある。トラブルにならないようにＤＭＵを経由するあたり、相手は本気で藍大達と話がしたいらしい』

「それは個人なのか？　クランなのか？」

『後者だ。【レッドスター】ってわかるか？　記者会見を見て三原色クランの一角が動き始めたらしい』

「流石に俺でも知ってる。三原色クランは有名だからな」

三原色クランとは、現在藍大達に会談希望の【レッドスター】に加えて【ブルースカイ】と【グリーンバレー】のことだ。

『そうか。DMUに連絡して来たのはクランマスターの赤星《あかぼし》さんだ。あの人ぐらいの影響力なら、直接そっちに連絡すると思ってたが慎重に動いてるぜ。会うも会わないも自由だが、藍大はどうしたい？』

「用件次第だな。【レッドスター】にシャングリラダンジョンで探索したいって言われても迷惑だ。絶対に俺の時間が取られる羽目になるし」

『赤星さん曰《いわ》く、今回は別件らしい。詳細は藍大に会ったら話すってさ。あっちも不必要に情報を出したくないんだろ。可能なら明日にでも話がしたいそうだ』

「話だけ聞くなら明日で良い。場所の指定はある？」

『赤星さんの自宅に招きたいってさ。迎えを出すと言ってた』

「了解。こっちは俺と舞、サクラ、リルで行く」

『わかった。連絡しとく』

こうして、藍大達は明日【レッドスター】のクランマスターと会うことになった。

◆◆◆

翌朝、午後一時に迎えが来ると聞いていたため、藍大達は昨日と同じメンバーでダンジョンの探索をしていた。

美容のためとマディドールを狩りまくった結果、今週もマッシブロックが現れる。

「マッシブメイスの力、見せてやるぜゴラァ！」

舞はマッシブメイスがマッシブロックに通用するか試している。

女性らしさなんて微塵《みじん》も感じられないセリフを吐きながら、舞はマッシブメイスでひたすら殴る。

嬉々《きき》として殴る舞に対し、今日のマッシブロックは怯《おび》えてただのサンドバッグと化してしまい、倒されるまで大して時間はかからなかった。

サクラやリルの手を借りず、舞だけでマッシブロックを討伐した。

マッシブロックの残骸を回収した後、舞は藍大に魔石を渡した。

リルもレベルアップしてから魔石を使った方が良いと判断し、この場では魔石を使わずに藍大達はボス部屋へと移動した。

その中にはバイクより大きな縄文土器の壺《つぼ》があった。

ボス部屋にある以上、壺がボスだと判断して藍大はモンスター図鑑を開く。

名前：なし　種族：マディポット
性別：なし　Lv：10

HP：60／60　MP：120／120
STR：0　VIT：100
DEX：140　AGI：0
INT：90　LUK：20

称号：一階フロアボス
アビリティ：〈泥玉《マッドボール》〉〈泥囮《マッドデコイ》〉

「舞、未亜、ここは俺達だけでやって良い？」

「良いよ～」

「ええで」

「リルは〈三日月刃《クレセントエッジ》〉で攻撃」

「オン！」

リルが〈三日月刃《クレセントエッジ》〉をマディポットに命中させると、パキンという音と共にマディポットが割れた。

ところが、それであっさり戦闘終了とはならなかった。

「ワンサイズ小さいマディポットが出て来た⁉」

「なんやそれ⁉　こんなモンスターもおるんか！」

「マトリョーシカみたいな奴《やつ》だな」

マディポットは〈泥　囮《マッドデコイ》〉で自分を覆う囮《おとり》を用意しており、リルが壊したのは囮の部分にすぎないらしい。

「サクラ、マディポットを〈闇　鎖《ダークチェーン》〉で拘束して」

「は～い。逮捕しちゃうぞ～」

掛け声に思うところがないでもないが、藍大はツッコまずにスルーした。

闇によって形成された鎖がサクラの手から伸び、そのままマディポットを拘束した。

マディポットは鎖から逃れようと暴れるけれど、がっちり拘束されていて逃げ出すことはできなかった。

「マディポットを上から地面に叩《たた》きつけるんだ」

「うん！」

サクラが空を飛ぶと鎖で拘束されたマディポットも地面から離れ、サクラはそれをグルグル振り回してから地上に向かって投げ付ける。

地面にぶつかった瞬間、マディポットは大中小バラバラの破片になった。

本当にマトリョーシカのように自分によく似せた囮を複数重ねていたようだ。

『リルがＬｖ29になりました』

（サクラがレベルアップするのに必要な経験値が増えてるらしい）

二回進化したら強くなるために必要な経験値の量が増えるのは当然だ。

マディポットを倒したとわかると、サクラは地面に降りて藍大に抱き着いた。

「主、勝ったよ～！」

「よしよし、ちゃんと見てたぞ」

「主の敵は私が倒す。他の女なんていらない」

そう言いながらチラッと舞を見るあたり、サクラはかなり舞を意識しているらしい。

「リルもありがとな。リルのおかげで情報を引き出せたから簡単に倒せた」

「クゥ〜ン♪」

自分も忘れないでとアピールするリルに対し、藍大は忘れていないぞと頭を撫《な》でて労《ねぎら》う。

マディポットの破片等を回収してダンジョンを脱出した後、藍大は茂に連絡した。

「茂、頼みがある」

『頼み？』

「さっきダンジョンでマッシブロックを倒したんだが」

『えっ、この後会談なのに今までダンジョン行ってたの？』

「時間は有効に使うべきだ。地下一階に行けるようにしたかったし、今日を逃したら一週間後なんだぞ？」

【レッドスター】のクランマスターと会う約束をしているのに、空き時間でダンジョンに行く藍大に茂は戦慄するが、藍大の言い分も一理あるだろう。

今日を逃せば土曜日のダンジョンで地下一階に行けるのは一週間後になる。

来週は最初から地下一階に行きたいので、時間があるなら今日地下一階に繋がる道を確保したいと思うのも仕方ない。

『まあ良いや。頼みって何？』

「マッシブロックの素材で舞の鎧《よろい》も新調してくれないか？」

『やっぱり立石《たていし》さんに惚《ほ》れたんだろ？　そうなんだろ？』

「マッシブメイスとマッシブシールドがあるなら鎧だって揃《そろ》えたいと思わないか？」

『その拘《こだわ》りはわかるな。よし、職人班に頼んでおく。職人班も鎧まで作りたそうだったし』

「だろ？　それ以外の戦利品と一緒に薬師寺さん経由で送るからよろしく」

茂との電話が終わると舞は感激し、サクラはムスッとした表情になり、未亜はニヤニヤしていた。

「藍大、ありがとう。私、鎧も大切にするね。藍大のことも体を張って守るよ」

「主、舞を贔屓《ひいき》するのは良くない。私もプレゼント欲しい」

「クランマスターもやるやん」

必要経費で買う物をプレゼントと捉えて良いのかと思う藍大だが、女性陣にはその思考回路を理解してもらえないようだ。

藍大は大丈夫かと心配してくれるリルをモフモフして癒《いや》された。

その後、迎えが来る時間までにあれこれ準備を済ませ、藍大と舞、サクラは集合時間五分前にシャングリラの前に移動した。

リルは車に乗るには大きいので、仕方なく亜空間に入っている。

やがて黒塗りの高級車がシャングリラの前に停《と》まった。

運転手が降りて後部座席のドアを開けると、中から眼鏡をかけたスーツの女性が出て来た。

「初めまして。私が【レッドスター】のサブマスター、赤星真奈《まな》です。【楽園の守《も》り人】の皆さんをお迎えに上がりました」

まさかサブマスターが来るなんてと驚いたが、藍大は間を開けずに自分も挨拶を返した。

「初めまして。【楽園の守り人】のクランマスター、逢魔《おうま》藍大です。こちらは従魔のサクラです。よろしくお願いします」

「サブマスターの立石舞です。よろしくお願いします」

挨拶を済ませると、藍大達は車に乗り込む。

【レッドスター】のクランマスターである赤星誠也《せいや》とサブマスターの真奈が住むのは横浜の豪邸だ。

豪邸に住んでいるのは赤星家が冒険者御用達《ごようたし》メーカーのＡＫＡＢＯＳＨＩを経営しているからである。

もっとも、このメーカーが有名になったのはここ最近だ。

いち早くダンジョン産素材を使った装備を発売して会社が大きくなったのはAKABOSHIの社長で赤星兄妹《きょうだい》の父であり、大地震の被害で売地となった場所を買って豪邸を建てたのだ。

それは置いといて車中ではデキる秘書風の真奈がソワソワしていた。

「あの、今日はリル君は召喚しないんですか？」

「車内でリルを召喚すると、狭くてリルがストレスを感じてしまいますから」

「……そうですか。では、我が家に到着したら是非リル君をモフらせて下さい」

キリッとした表情で言っているが、その目はリルをモフりたいと如実《にょじつ》に語っていた。

「赤星さん、さては貴女《あなた》モフラーですね？」

「兄と被《かぶ》ってしまうので真奈と呼んで下さい、同志よ」

いつの間にか同志認定された藍大は、真奈がリル目当てで来たと確信した。

「ところで、真奈さんは弓士だそうですが、狩りのお供が欲しいんですか？」

「勿論《もちろん》それもありますが、最大の理由はモフモフに囲まれて癒されたいからです」

真奈は未亜と同じく弓士だ。

弓士ならば狩りの補助をする獣型モンスターをテイムできたら戦術の幅が広がるだろう

が、真奈は純粋にリルをモフりたい気持ちが強いようだ。

「今度はこちらから質問させて下さい。逢魔さんはリル君と一緒に寝てますか？」

「寝てます。リルが布団《ふとん》に入って来るので」

「たはぁっ！　尊い！　主人と一緒に寝たいリル君だけでご飯三杯はいける！」

眼鏡にスーツだから第一印象は知的だったが、今の真奈は痴的と呼ぶに相応《ふさわ》しい。

その後、真奈がモフラー全開で話し続けたせいで藍大達が赤星邸に着くまであっという間だった。

「同志、ようこそ私の家へ。さあ、リル君を召喚して下さい」

「わかりました。【召喚《サモン》：リル】」

「オン♪」

「んほぉっ！」

リルが寂しかったと藍大に頬擦りする様子が尊いようで、真奈は変な声を漏らした。

「主、なんかあの人悶《もだ》えてるよ。気持ち悪い」

「見ちゃいけません」

なお、真奈が重度のモフラーだと知っているらしく、運転手は驚くことなく静かに玄関のドアを開けた。

「どうぞ。お入り下さい」

「あっ、はい」

（運転手さん、さてはかなり訓練されてるな？）

そんなことを思いつつ運転手に入るように促されたため、藍大達は家の中に入った。

その頃には真奈が復活しており、運転手は車を車庫に入れるためその場を去った。

真奈に案内されて応接室に移動し、真奈が兄を連れて来るために応接室から出ていった。

「【レッドスター】が俺達に用事があるってなんだろう？」

「芹江さん曰《いわ》く、シャングリラダンジョンに入りたいって訳じゃないんでしょ？」

「そうらしい。シャングリラダンジョンの素材の個別取引はＤＭＵに睨《にら》まれるから違うとして、後は何があると思う？」

「ごめん。私はそこまで頭良くないからわからないよ」

話の途中で真奈がドアをノックしてから開き、赤星誠也を応接室に連れて戻って来た。

誠也はスーツにワインレッドのシャツ、黒いネクタイをきっちりと決め、髪型もオールバックだった。

「今日はお越しいただきありがとうございます。初めまして。【レッドスター】のクランマスター、赤星誠也です」

「お招きいただきありがとうございます。【楽園の守り人】のクランマスター、逢魔藍大です。こちらは従魔のサクラとリルです」

「サブマスターの立石舞です」

「真奈が道中に迷惑をかけませんでしたか？　ダンジョンでは獣型モンスターをあの手この手でテイムしようとして失敗するものですから、逢魔さんに質問攻めしたんじゃないかと思いまして」

「失礼よ兄さん。私だって自重したのよ」

「「あれで？」」

「おい」

誠也のジト目に真奈は鳴らない口笛で誤魔化そうとしたが、兄のジト目には勝てない。

「我慢できずに滅茶苦茶《めちゃくちゃ》質問攻めした。後悔はしてない」

「後悔じゃなくて反省をしろ。この馬鹿者が」

「ひぎゃっ」

誠也は真奈に手刀を落としてから藍大に頭を下げた。

「愚妹が迷惑をかけてしまい誠に申し訳ございませんでした」

「いえ、お気になさらないで下さい。掲示板の連中よりは不快じゃありませんから」

「そう言っていただけると救われます。真奈、お前もちゃんと謝りなさい」

「すみませんでした」

このやり取りだけでも、藍大達は誠也が苦労していることはよく理解できた。

「オホン、本日皆さんにお越しいただいた用件に移らせていただきますと、私達が狩場とするダンジョンの攻略に協力してもらいたいのです。言わば同盟です」

「同盟ですか」

【レッドスター】が立ち上げて間もない【楽園の守り人】と同盟を結びたいと言い出せば、藍大が訝《いぶか》しむのは当然だ。

藍大のリアクションを見てから誠也は話を続ける。

「背景からお話ししましょう。最初に確認ですが、逢魔さんは【レッドスター】の狩場がどこかご存じですか？」

「横浜港の客船ダンジョンですよね？　あの大地震で持ち主の不在となった客船がダンジョンになったと記憶しております」

「その通りです。そこの探索に行き詰まりまして、是非とも逢魔さんにテイムしてもらいたいモンスターがいます」

「テイムしてほしいモンスターはなんですか？」

「五階のフロアボスのメタルタートルです。テイムが必要というよりは、現時点で製作できる武器では倒せないからテイムに賭けると言った方が正しいです」

「名前からして硬そうですね。どんな攻撃も通じないんですか？」

「普段なら少しずつでもダメージを与えられると思いますが、甲羅に籠られると全くダメージを与えられているとは思えません」

ここまで説明されて、藍大はやっと誠也の目的を理解できた。

「倒せなくとも甲羅に引き籠ってる間にテイムできるって考えてるんですね？」

「おっしゃる通りです。滞在費等の必要経費は【レッドスター】で持ちます。私達としては五階で足止めされてる現状を打破したいんです。逢魔さん達も珍しいモンスターをテイムできます。悪い話ではないと思いますが」

「少し相談させてもらえませんか？　流石《さすが》にこの内容ですので相談せずに回答できません」

「勿論です。それでは相談が終わったらこのベルを鳴らして下さい。ベルが鳴るまでは人払いしますので」

「お気遣いいただきありがとうございます」

藍大にベルを渡すと、誠也と真奈が応接室から離席した。

二人がいなくなると、藍大達は一斉に息を吐き出した。

「堅苦しいのは疲れるな」

「そうだよね～」

「主成分補給する～」

「クゥ～ン」

ソファーに体重を預けた藍大だったが、左からは舞が、右からはサクラがもたれかかる。

足元のリルも藍大に身を寄せている。

慣れないことをしているせいで藍大達はダンジョン探索よりも疲れを感じていた。

それでも藍大達は気を引き締めた。

「客船ダンジョンの探索を目的とした同盟だけど舞の意見は？」

「私は受けても良いと思うよ。藍大がシャングリラ以外のダンジョンを知れば、その経験が今後に生きると思うの。客船ダンジョンは水辺に生息するモンスターが多いから、水曜日のダンジョン探索に役立つはず。それに【レッドスター】に貸しを作れるし」

「なるほど。ただ、俺達がこっちに寝泊まりすると問題もあるんだよな」

「シャングリラに侵入しようとする冒険者が出て来る可能性があるよね」

「正解」

藍大達がいても、昨日は無所属の冒険者達がシャングリラに押し寄せて来た。

DMUからの警告で全員がおとなしくなるとも限らない。

藍大達が【楽園の守り人】を立ち上げたことで、分別のある冒険者や気弱な冒険者がちょっかいを出すことはなくなったが、力に酔ってやらかす冒険者が出てくる可能性はある。

ここ最近のニュースでも、時々馬鹿な冒険者がやらかした事件が取り上げられている。

そう考えると、麗奈と司の負担が増えると心配せずにはいられない。

「もしも行くなら、芹江さんに見張りの増員を頼んだら？　それか、【楽園の守り人】に所属してない人が近寄ったら冒険者資格を停止してもらうよう頼むとか」

「舞って結構コネ使おうとするよね」

「コネは取っておくものじゃなくて使うものなんだよ」

舞の言い分を聞いて藍大はなるほどと頷《うなず》く。

「それもそうだな。わかった。客船ダンジョンに行くなら茂の力を借りよう」

「他に懸念《けねん》事項はある？」

「舞はどうにかなるかもしれないけど、俺とサクラ、リルが戦ったのはＬｖ15が一番強い。

客船ダンジョンで俺達の力が通じるのか心配だ」

「大丈夫じゃないかな？　Ｌｖ15の【掃除屋】って普通のＬｖ15のモンスターよりも強い

から」

「そうなの？」

「うん。多分、雑魚《モブ》モンスターならLv20ぐらいだよ」

「あいつらそんなに強かったんだ」

舞が経験則から大丈夫だと言うと、藍大は今更ながら自分達のやったことが実はすごいことなのだと自覚した。

実際、七種類の【掃除屋】と対峙《たいじ》して、六種類を討伐して一種類はテイムしたことは偉業だ。

一般的な冒険者がそんな場面に遭遇したら、大半が再起不能になるか死んでいる。

「心配ならメタルタートルと戦う前に客船ダンジョンを一階から順に探索させてもらう？」

「そうしよう。俺達も客船ダンジョンに慣れることができるし、サクラやリルをレベルアップさせられる」

「この条件を提示しても、相手からすれば失敗しないように準備するつもりだって誠意は伝わるはず。交渉は藍大に任せるから頑張って」

「了解」

話がまとまると、藍大はベルを鳴らして誠也と真奈を呼び出した。

ベルを鳴らして少し経《た》つと、誠也と真奈が応接室に戻って来た。

「逢魔さん、結論は出ましたか？」

「はい。条件付きで同盟の件をお受けしようと思います」

「どんな条件でしょうか？」

「メタルタートルのテイムの確率を上げるため、準備期間を設けていただきたいんです。客船ダンジョンを五階まで自力で到達できるようになれば、テイムできると思うのですがいかがでしょう？」

藍大の考えを聞くと、誠也は考えるポーズを取ったがゆっくりと頷いた。

「わかりました。不慣れなダンジョンでいきなり五階のフロアボスをテイムしてくれというのは不親切でしたね。その方がテイムできる可能性が高いと思いますし、逢魔さんの条件を呑《の》みましょう」

「ありがとうございます」

「では、いつから挑みます？　私達は今日からでも構いませんが」

「流石に今日は厳しいです。クランメンバーへの説明と準備が必要なので、明後日《あさって》からでどうでしょう？」

「わかりました。明後日お迎えに上がります。よろしくお願いします」

「こちらこそよろしくお願いします」

藍大は誠也と握手し、【楽園の守《も》り人】と【レッドスター】の同盟が成立した。

四章　大家さん、客船ダンジョンに挑む

客船ダンジョンに行く日までに、藍大《らんた》はリルをハティに進化させた。

リルの体は額の三日月マークを残して月光のように青白く変化し、ポニーサイズまで成長している。

ちなみに、ステータスは以下の通りだ。

名前：リル　種族：ハティ
性別：雄　Lv：30

HP：400／400　MP：460／460
STR：460　VIT：280
DEX：320　AGI：460

INT：260　LUK：220

称号：藍大の従魔
　　　掃除屋殺し
アビリティ：〈三日月刃《クレセントエッジ》〉〈隠者《ハーミット》〉
　　　　　　〈風鎧《ウインドアーマー》〉〈風弾《ウインドバレット》〉

〈追跡《チェイス》〉が〈隠者《ハーミット》〉へと上書きされ、新たに〈風弾《ウインドバレット》〉を会得《えとく》した。

〈隠者《ハーミット》〉は隠れたものや気配を消した者を探し出し、逆に自分も気配を消せる隠密《おんみつ》性の高いアビリティだ。

〈風弾《ウインドバレット》〉も会得してリルは奇襲のスペシャリストへの道を歩んでいる。

なお、リルを鍛える過程でサクラもLv31になった。

藍大の護衛である舞《まい》にも鎧《よろい》のマッシブスケイルが届いて全身マッシブシリーズで統一している。

マッシブと言いつつ動きやすさを考慮してDMU職人班がマッシブロックの破片を加工

してスケイルアーマーを作った。

警備面の問題は茂《しげる》が話を通し、藍大達が穏やかな気持ちでシャングリラの前で待っていると、一昨日の高級車が藍大達を迎えに来た。

真奈《まな》が車を降りてすぐにキョロキョロとリルを探す。

「こんにちは。逢魔《おうま》さん、リル君はどこですか？」

「車に乗れないので亜空間にいますよ」

「お願いします。出して下さい。リル君成分を補充しないと禁断症状が出ます」

目が今すぐリルを出せと訴えている真奈が怖かったので、藍大は仕方なくその頼みを聞くことにした。

「……わかりました。【召喚《サモン》：リル】」

「オン♪」

「んほぉっ！」

召喚されたリルは真奈を無視して藍大に頬擦りする。

「主、真奈は変態だよね？」

「そうだな。まごうことなき変態だから見ちゃ駄目だ」

このやりとりの間、運転手が真顔だったのはやはり訓練されたプロだからだろう。

真奈が落ち着くと、藍大達は横浜の客船ダンジョンへと向かう。

横浜港にはクランに所属しない冒険者達もちらほらいた。

藍大達は野次馬を無視して客船ダンジョンに移動する。

「探索を終えたら連絡して下さい」

「わかりました。ありがとうございます」

真奈が車に乗ってこの場から去ると、藍大はリルを召喚する。

「【召喚《サモン》：リル】」

「オン♪」

野次馬の中にもモフモフに興奮する変態がいたが、藍大達はそれを無視して客船ダンジョンに足を踏み入れる。

客船は大きいけれど、それでもここまでの広さはないと断言できる広さだった。

壁には客室のドアがあって藍大が試しにドアノブを握ると動かせた。

「これはシャングリラとは違うな」

「私が開けるよ」

「頼む」

（この頼りなさ、まさに貧弱！）

不意打ちを警戒して舞は藍大にドアを開けさせない。
藍大は舞に大切にされていると感じると同時に自分の貧弱さを思い知った。
客室の中には至る所に大きな海星《ひとで》が張り付いていた。
藍大はモンスター図鑑を開く。

名前：なし　種族：スタッフィー
性別：雄　Lv：10

HP：70／70　MP：80／80
STR：80　VIT：70
DEX：50　AGI：30
INT：100　LUK：20

アビリティ：〈泡球《バブルボール》〉〈回転攻撃《スピンアタック》〉
備考：魅了（サクラ）

サクラの〈誘惑香《フェロモン》〉の効果対象が広い。

明らかに種族が違うスタッフィーにまで効果があるとは予想外だろう。

「サクラに魅了されてる。今がチャンスだ」

「は〜い！」

「オン！」

「ぶっ潰してやる！」

サクラとリルは原形を残したが、舞はスタッフィーを殴り飛ばして壁のシミにした。

持ち運べる量には限りがあるので、サクラとリルが倒した中で特に形の良い死体だけを回収した。

「スタッフィー弱かったね」

「オン」

「よしよし。舞もお疲れ様」

サクラとリルを撫《な》でて舞を労《いたわ》った後、藍大達は部屋を出てボス部屋を探す。

時々現れるスタッフィーを倒すのも藍大達にとってはただの作業だ。

行き止まりに着いてリルが壁を凝視する。

「リル、何かあるのか？」

「オン！」

「主、私が確認するね？」

「頼む」

「は〜い。それっ」

サクラが〈闇刃《ダークエッジ》〉で壁を斬りつけようとしたがすり抜けてしまう。

「これは……」

「知ってるのか舞電」

「えっと、私の名前は舞だよ？」

首を傾《かし》げる舞には聞いたことがあると返せる程のネタ知識はなかった。

「ごめん。舞は何か知ってるの？」

「隠し部屋だよ。他のダンジョンでも発見されたって掲示板に載ってた。その中に宝箱があるんだって」

「すぐ行こう」

「うん。藍大は私の後ろをついて来て」

舞の後に藍大達も続くと、壁の中は敵が一体もおらず中心部に宝箱があるだけだった。

「主、宝箱だよ！」

「オン！」

サクラとリルが宝箱を見てソワソワしている一方、舞は宝箱を警戒したままだ。

シャングリラダンジョンでミミックを目にしているから、ミミックの擬態かもと考えているらしい。

藍大もモンスター図鑑で調べてみたけど反応しない。

「舞、あれはミミックじゃないぞ。今までに見つかった宝箱って罠《わな》はあったか知ってる？」

「鍵も仕掛けもなかったはずだよ。何が出るかは運次第だね」

「運《LUK》か。サクラ先生、お願いします」

「任された！」

藍大は〈幸運吸収《ラックドレイン》〉でLUKが2000オーバーのサクラに宝箱を開ける役割を任せた。

自信満々なサクラが宝箱の蓋を開けると、その中には銀色に輝く六芒星のネックレスがあった。

「主、ネックレスだよ！　着けて！」

藍大がサクラにネックレスを着けてあげると、サクラはまた反転して藍大にアピールする。

「主、似合うかな？」

「よく似合ってるぞ」

「主にネックレス貰《もら》っちゃった♪」

サクラは藍大が大好きなので、藍大からのプレゼントならば基本的になんでも喜ぶ。

それでも、ネックレスのようなアクセサリーを貰えるのは特別に嬉《うれ》しいようで、サクラは鼻歌でも歌い出しそうなぐらいご機嫌になった。

「むぅ、良いな～。私も欲しいな～」

舞はアクセサリーの贈り物に憧れていたので悔しがる。

マッシブシリーズのプレゼントは実用的で嬉しくとも、やはりネックレスには敵《かな》わないようだ。

（サクラが装備すればネックレスの効果がモンスター図鑑でわかるかも）

藍大はそう思ってモンスター図鑑で調べてみると、サクラの装備欄にシルバークロウリーと追記されていた。

（状態異常無効⁉　サクラのＬＵＫ半端《はんぱ》ないって！）

モンスター図鑑に記載されたことで、藍大はシルバークロウリーの効果を確認できた。

「やったなサクラ。シルバークロウリーが状態異常から守ってくれるってさ」

「……これは主が着けた方が良いよ」

サクラがシルバークロウリーを差し出したが、藍大は首を横に振って受け取らない。

「いや、それはサクラが着けてくれ」

「どうして？」

「俺も男だから守られてるだけは嫌だ。毒や麻痺《まひ》とかで苦しむサクラを見たくないし、サクラが使ってくれ」

「もう、主ってば大好き！」

自らが弱いとわかっていても自分を大事にしてくれたため、サクラはキュンとして藍大を力一杯抱き締める。

「痛い！　サクラ、痛いよ！　俺の体弱過ぎ！」

「ちょっとサクラちゃん!?　藍大の骨が折れる！　スト～ップ！」

舞は慌ててサクラを藍大から引き剝がした。

「舞、助かったよ」

「舞、邪魔しないで！　舞だってメイスと盾貰った時に同じことした！」

「私の時は注意されたら藍大のこと離したもん」

「うぅ～。主、舞が私のこと虐《いじ》める～」

サクラは藍大に泣きつくが、藍大のメンタルは強いので〈誘惑香《フェロモン》〉に耐えた。

「まあまあ。サクラも舞も結果から言えばおあいこだ」

「うぇ～ん」

「気を付けるよ」

藍大が少し疲れた様子を見せると、リルは藍大に元気出してと頬擦りする。

「よしよし。リルは良い子だな」

「クゥ～ン♪」

藍大がリルの気遣いを褒めて頭を撫でれば女性陣は納得がいかないと抗議する。

「リル、モフモフで主を篭絡《ろうらく》しないで！」

「モフモフは反則だよ！」

「クゥ～ン……」

サクラと舞からの理不尽な抗議を見て藍大はしばらくリルに優しくした。

それから隠し部屋を出て、藍大達はボス部屋探しを再開した。

サクラもリルもなかなかレベルアップできなくなったが、フロアボスを倒せばそろそろレベルアップするだろうと藍大は予想している。

これは勘による予想ではなく、モンスター図鑑でスタッフィー一体を倒して得られる経験値を確認した上での判断だ。

さて、藍大達はボス部屋に到着した。

「結構スタッフィー倒したのに【掃除屋】が出て来ないな」

「客船ダンジョンが広いからだよ。広い方が雑魚《モブ》モンスターの数も多くて【掃除屋】が出現するのに必要な討伐数に届いてないんだよ」

「なるほど。舞の言う通りだ」

「ドヤァ」

幸運にもボス部屋の前に冒険者はいなかったから、藍大達はそのまま部屋の中に入る。

ボス部屋の中には巨大なスタッフィーがいたので、モンスター図鑑で調べた。

名前：なし　種族：ジャイアントスタッフィー
性別：雌　Lv：15

HP：90／90　MP：100／100
STR：100　VIT：90
DEX：60　AGI：40
INT：120　LUK：30

称号：一階フロアボス
アビリティ：〈泡球《バブルボール》〉〈回転攻撃《スピンアタック》〉〈硬化《ハーデン》〉

敵の能力値が大したことがないと藍大が思った時、ジャイアントスタッフィーの表面がメタリックカラーに変わって回転し始める。

「〈硬化《ハーデン》〉からの〈回転攻撃《スピンアタック》〉だ。リルが回転の威力を殺したら、サクラはジャイアントスタッフィーを拘束！」

「オン！」

リルは〈風弾《ウインドバレット》〉を命中させてジャイアントスタッフィーの回転速度を鈍らせる。

「逮捕しちゃうぞ～」

サクラは〈闇鎖《ダークチェーン》〉で容易《たやす》くジャイアントスタッフィーを拘束した。

「いただきま〜す！」

サクラが鎖で敵の動きを封じてＬＵＫも奪えば、後は舞が殴り続けるだけの簡単なお仕事をするだけだ。

「ぶちのめす！」

舞は敵が動かなくなるまでマッシブメイスを振り下ろし続けた。

『サクラがＬｖ32になりました』
『リルがＬｖ31になりました』

「主〜、終わったよ〜」
「オン！」
「よしよし。順調だな」
「程良い硬さでストレス発散になったよ〜」
「舞もお疲れ。程良い硬さってどれぐらい？」
「サンドバッグ……みたいな？」

舞の発言を受け、昔触ったサンドバッグは程良い硬さではなかったぞと藍大は心の中でツッコんだ。

その後、藍大達は倒したジャイアントスタッフィーの解体作業を行い、使い道がなくて嵩張《かさば》る部位は放棄する。

藍大はダンジョンを脱出した時に閃《ひらめ》いた。

「そうだ、リルに乗せてもらおう」

「「え？」」

「オン！」

待ってましたと言わんばかりにリルの尻尾が左右に振られる。

「リル、俺達が乗っても平気？」

「オン！」

全く問題ないとリルは首を縦に振った。

リルの背中にサクラ、藍大、舞の順番で乗る。

パーティー内で一番貧弱な藍大がサクラと舞に挟まれているのは当然だろう。

「よし、リル。赤星邸《あかぼし》に向かって出発！」

「オン！」

「速いな⁉」

「主、しっかり摑《つか》まって！」

「藍大、しっかり摑まらせて！」

リルのスピードが予想以上だったため、藍大達は驚いた。

藍大達が赤星邸に到着すると、真奈が目を輝かせて家から飛び出して来た。

「リル君に乗って帰って来たんですね⁉　私も乗せて下さい！」

「クゥ〜ン……」

「すみませんが撫《な》でるのだけで勘弁してほしいそうです」

「そうなんですか？」

「オン」

真奈に訊《たず》ねられてリルは本当に勘弁してほしいと首を縦に振った。

リルに断られても凹《へこ》まず、真奈はサクラがダンジョン探索前後で違うことに気づいた。

「あれ？　サクラちゃんってネックレスを着けてましたっけ？」

「客船ダンジョンの隠し部屋で宝箱を見つけました」

「隠し部屋があったんですか⁉　この件を兄にも報告させて下さい！」

真奈が藍大の手を引いて赤星邸の中に連れ込み、舞達は後を追いかけて応接室に向かう。

藍大達が応接室に入ってから数分の内に真奈が誠也《せいや》を連れてやって来た。

「逢魔さんには本当に驚かされますね。【レッドスター】が数ヶ月かけても見つけられなかった隠し部屋を探し当てたんですから。そのアクセサリーには効果があるんですよね？」

「すみませんが、効果については言えません」

「失礼しました。好奇心で訊《き》いてしまいましたが、今の質問はなかったことにして下さい」

宝箱から手に入れた物の詳細を明かせば、それを奪おうとする者も現れるだろう。

同盟相手を危険に追いやる訳にはいかないので、誠也は藍大に謝った。

「今回は偶然隠し部屋を見つけましたが、次もそうとは限りません」

「ですね。隠し部屋があったことだけクラン内部に伝えても良いですか？」

「ダンジョンを脱出した時点で何人かの冒険者に見られてますから構いません」

「ありがとうございます」

誠也の隣で調べ物をしていた真奈がスマホを机の上に提示した。

「もう掲示板で噂《うわさ》が出回ってるようです」

「情報が早いですね。確認してみましょうか」

藍大達は各々《おのおの》のスマホで真奈が見つけた掲示板のスレッドを確認した。

◆◆◆

【お宝はどこだ】客船ダンジョンスレ@35【野郎共乗り込め】

213．名無しの冒険者
テイマーさん半端《はんぱ》ないって！
あいつ半端ないって！
隠し部屋見つけるどころかアクセサリーゲットするもん！
そんなんできひんやん普通……
そんなんできる⁉
言っといてや！
できるんやったら……

214．名無しの冒険者
俺、サインしてもらいたかったもん

215．名無しの冒険者
被《かぶ》せボケはさておき、アクセサリー着けたサクラたんがマジでゴージャス

アクセサリーの効果が知りたいけど教えてくれるはずないんだよなぁ

216．名無しの冒険者
うーん、テイマーさんがなんでサクラちゃんにネックレスを着けたのか気になる
効果不明アイテムを装備させるとか博打《ばくち》じゃん
誰かテイマーさんがサクラちゃんに効果不明のネックレスを着けた理由に心当たりない？

217．名無しの冒険者
一般論：テイマーさんは従魔が装備したアクセサリーなら効果を調べられる
私理論：ネックレスを着けてほしくてテイマーさんがサクラにあげた

218．名無しの冒険者
唐突な私理論キタァァァ！
うん、冷静に読み直したら一般論と私理論が逆だったね

219．名無しの冒険者
シッ、そこはスルーしてやれよ！

話を戻すとテイマーさんがサクラにネックレスをあげたのはそれがベストってことだろ？

効果についてはいくらここで話したって手に入らないから置いておこう
それより他にも隠し部屋があるかもしれないから客船ダンジョンをもう一度探してくる！

220. 名無しの冒険者
ヒャッハァッ、宝探しの時間だぜぇぇぇぇぇ！

◆◆◆

ここまで読んで藍大は明日の客船ダンジョンが混むだろうと察した。

「兄さん、弐番隊《に》から陸番隊《ろく》が客船ダンジョンに向かったそうです」

「そうか。何かあったら教えてくれ」

「はい」

誠也は咳払《せきばら》いして藍大の方に向き直る。

「失礼しました。逢魔さん達は明日二階から探索ですか？」

「今のところその予定です」

「わかりました。今日はもうお疲れでしょうし、夕食の時間までゆっくりして下さい」

「ありがとうございます」

誠也がベルを鳴らすと、メイドが応接室にやって来た。

「逢魔さん達を客室に案内してくれ」

「かしこまりました」

メイドに案内されて藍大達は客室へと移動した。

藍大と舞が別々の部屋を案内されたのは良いが、藍大とサクラ、リルは同じ部屋だった。

藍大とサクラ、リルが一緒に寝ていると知れば、血の涙を流す者は少なくないだろう。

もっとも、血の涙を流す者の大半は変態だろうが。

◆◆◆

翌朝、掲示板の影響を受けて客船ダンジョンは冒険者だらけだった。

藍大達は隠し部屋探しではなく、二階に移動した。

そこには子犬サイズの二枚貝を倒しながら隠し部屋を探す冒険者達がいた。

その二枚貝のモンスターの名前はシェルシューター。

〈水弾《ウォーターバレット》〉と〈貝殻籠城《シェルシージ》〉という二種類のアビリティを使い、撃つか殻を閉じて本体を守る固定砲台のようなモンスターだ。

藍大達も何度か戦うことはあったが、残念ながら先に二階にいた冒険者達が倒しているせいでほとんど戦闘する機会はなかった。

シェルシューターはLv15であり、強さから言えばジャイアントスタッフィーよりも少し強いぐらいである。

「藍大、シェルシューターは殻が防具に使えるよ。中身は食べられるの」

「残念。舞が粉々にしたシェルシューターは殻も使えないし中身も食べられないな」

「それは言わないお約束だよ」

「戦力的に余裕もあるんだし、買い取ってもらえそうな戦い方にできない？　それができれば舞だって貯金できるでしょ」

「うぐっ、正論でビンタしないでよ～」

昨日の戦利品は茂に相談し、ＤＭＵ運輸を使ってＤＭＵ本部に配送して口座に代金を振り込む形で精算した。

藍大達は状態の良い戦利品だけ送ったが、その中に舞が倒したスタッフィーはないので舞は唸《うな》った。

今は耐久力の上がったマッシブシリーズを装備しているおかげで修繕費を抑えられているものの、舞が貯金できていない事実は変わらない。

舞の財布を預かる藍大としては、オーバーキルなヒャッハーは家計の敵なのだから少々キツく言うのも仕方あるまい。

さて、藍大達は数回しか戦わずにボス部屋に到着した。

「昨日よりも早くボス部屋に着いたな」

「そうだね」

「主、ボスは私とリルが倒す」

「オン」

「そうだな。フロアボスはシェルガンナーだってさ。早撃ちしてくるだろうし、舞には俺の護衛をしてもらおう」

「は〜い」

舞が護衛に徹するならば、戦利品の価値を下げずに済むという考えは藍大とサクラ、リルの暗黙の了解だったらしい。

舞がボス部屋の扉を開けると、大型犬サイズのアコヤガイが殻を閉じて待機していた。

ところが、藍大達が部屋の中に足を踏み入れた途端、殻が一瞬だけ開いて〈水弾《ウォーターバレット》〉が早撃ちされた。

「危ねえ！」

「すごいけど盾の意味は⁉」

いち早く危険に気づいた舞が藍大達の前に立ち、プロ野球選手顔負けのフォームでオーラを纏《まと》わせたメイスを振るって水の弾丸を打ち返した。
舞にツッコミを入れつつ藍大はモンスター図鑑を開いた。

名前：なし　種族：シェルガンナー
性別：雄　Lv：17

HP：100／100　MP：95／100
STR：0　VIT：200
DEX：100　AGI：0
INT：110　LUK：40

称号：二階フロアボス
アビリティ：〈水弾《ウォーターバレット》〉〈貝殻籠城《シェルシージ》〉〈速射《クイックショット》〉

〈貝殻籠城《シェルシージ》〉は殻を完全に閉め切っている時だけVIT《生命力》の能力値が倍になるアビリティだ。

〈速射《クイックショット》〉はパッシブだからいつでも射出系アビリティを早撃ちできる。

その程度かと思うかもしれないが、先程舞が打ち返した〈水弾《ウォーターバレット》〉は剛速球と呼べるぐらい速かった。

舞やサクラ、リルなら避けられたとしても、藍大では避けるのは難しいだろう。

「舞は手筈《てはず》通りに頼む。サクラはLUK《運》を奪え。リルはシェルガンナーを撹乱《かくらん》して狙いを定めさせるな」

「了解！」

「任せて！　いただきま～す！」

「オン！」

サクラの〈幸運吸収《ラックドレイン》〉により、シェルガンナーはLUKが尽きた。

それでもシェルガンナーはリルに向かって次々に〈水弾《ウォーターバレット》〉を放つ。

リルにはシェルガンナーの攻撃は当たらないが、流れ弾が藍大達に迫る。

「無駄無駄無駄無駄ぁ！」

舞が全てメイスで打ち返すものだから、藍大が盾の存在意義を気にするのも無理はない。

「サクラ、空からあいつを宙吊《ちゅうづ》りにできる？　殻の上側だけ固定する感じで」

「できるよ！　逮捕しちゃうぞ～！」

シェルガンナーに対してサクラの〈闇鎖《ダークチェーン》〉が放たれる。

しかし、シェルガンナーはサクラに拘束されたものの〈貝殻籠城《シェルシージ》〉で殻の中に閉じ籠った。

「よし、空中で振り回して。酔って殻が開くかも」

「は～い」

シェルガンナーはサクラの鎖に振り回されて酔ったらしく、〈貝殻籠城《シェルシージ》〉を保てなくなった。

それにより、強固にくっついていた殻同士に隙間が生じた。

「サクラ、それを上空に放り出せ！　リルは本体を〈三日月刃《クレセントエッジ》〉で攻撃！」

「うん！」

「オン！」

サクラがシェルガンナーを空に放り投げて闇の鎖を解くと、シェルガンナーの殻が開く。

そこにリルの〈三日月刃《クレセントエッジ》〉が命中し、シェルガンナーはスパッと真っ二つになって地面に落ちていく。

「キラキラ！」

サクラは落下するシェルガンナーの殻の片割れから、拳大のピンク色の真珠を見つけて地面に落ちる前にキャッチした。


『サクラがＬｖ33になりました』

『リルがＬｖ32になりました』


サクラが嬉《うれ》しそうに大きな真珠を持ち帰って来た。

割らずに済んだのでサクラはニコニコしている。


「主、見て。キラキラ～」

「サクラも女の子だもんな。そういうのが気になるよな」

「うん！　主、これ私にちょうだい！」

「良いよ。サクラが頑張ってくれたおかげでシェルガンナーの死体も傷が少ないし。ただ、戦闘中は危ないから俺が預かっとく」

「ありがとう！　主大好き！」

「藍大、私も護衛頑張ったと思うな～」

「遠征終わったら美味《おい》しい物作るから、今回はサクラに譲ってあげて」

「わかった！」

どうやら舞の優先度は藍大の作る食事＞光物らしい。

駄目元で言ってみたらあっさり譲ってくれたので言った藍大も苦笑している。

乙女としてそれで良いのか悩ましいけれど、舞がそれで良いと言うのだから仕方ない。

藍大はリルも労《いたわ》ってから戦利品を回収し、舞達を連れて三階へと向かった。

三階も二階と同様に冒険者達の姿がちらほら見えた。

「くそっ、宝箱が三階にあるって言ったの誰だよ！」

「諦めたらそこで試合終了だろ！　テイマーさんに続け！」

「テイマーさんに続いたら先に宝箱を見つけられちまうだろうが！　寄り道させずにボス部屋まで行ってもらうんだ！」

藍大達は隠し部屋を探す彼らにライバルを減らす目的でボス部屋までの道を案内された。

その途中で雑魚《モブ》モンスターらしき小型犬サイズの望潮《しおまねき》に遭遇した。

「藍大、ウェブカマーだよ！　食べられる奴《やつ》！」

ウェブカマーの身は食べられるが、基本的に大味だ。

それでも舞が喜んだのはウェブカマーが安く手に入るからである。

ウェブカマーの死体は冒険者達が客船ダンジョンから大量に持ち帰るのでとにかく安い。

懐《ふところ》事情が心配な舞からすれば、大味でも安くて量がある食材ならば大歓迎《ウェルカム》なのだ。

しかし、加工の仕方によってはモンスターの餌にもなるとわかると、藍大に狩らないという選択肢はなくなった。

「よし、狩ろう」

「食料！　そこで待ってやがれ！」

藍大が指示を出す暇もなく、舞はウェブカマーを撲殺せんと駆け出した。

「サクラ、大きい方の鋏《はさみ》を拘束してくれ」

「うん！　逮捕しちゃうぞ～！」

サクラは〈闇鎖《ダークチェーン》〉を発動させてウェブカマーの大きな鋏を縛り付ける。

舞の渾身《こんしん》の振り下ろしが命中してウェブカマーはふらつく。

「リル、拘束してる方の鋏を切断してくれ」

「オン！」

リルの〈三日月刃《クレセントエッジ》〉が大きい方の鋏を敵の体から切断した。

その痛みで正気に戻り、ウェブカマーは怒って口から泡をブクブクと吐き出す。

しかし、舞はそれを盾で受け流してメイスを振り下ろす。

同じ場所に連続してメイスを振り下ろされればウェブカマーの甲殻に罅《ひび》が入り、やがてその甲殻と身が飛び散って戦闘が終わった。

戦闘によって高揚していた気持ちが落ち着いた舞は膝から崩れ落ちた。

「あぁ、私のウェブカマーが～」

「自業自得《じごうじとく》なんだよなぁ」

幸い、サクラとリルが協力して切断した鋏は無傷なので藍大達はそれだけ回収してダンジョン探索を再開した。

ボス部屋までの最短ルートには隠し部屋がないと見做《みな》されたのか、藍大達を除いて他には誰もいなかった。

ところが、藍大達がボス部屋を視界に捉えて歩いているとリルが足を止める。

「リル、どうした？」

「何か見つけたの？」

「オン！」

リルが見ているのは通路の脇のシミだ。

（モンスターの死体と一緒に汚れも吸収されるはずだよな？）

ダンジョンに関する知識はあったので、藍大はリルが指摘した違和感について考えた。

「物は試しか」

　そう言うと、藍大は先程の戦闘で舞が砕いたウェブカマーの破片をそのシミに向かって投げてみた。

シミに破片が触れた途端、ガタガタと音を立てながら近くの壁にドアが現れた。

「隠し部屋第二弾。入るしかないな」

「入ろ〜」

舞がドアを開いてみると、部屋の中心部に宝箱が置かれていた。

「リル、またしてもお手柄だったな」

「ワフゥ♪」

リルの〈隠者《ハーミット》〉は隠し部屋探しも容易《たやす》くやってのけるようだ。

「主、宝箱開ける⁉」

「サクラ先生、今日も期待してるよ」

「任されました」

胸を張って応じると、サクラは早速宝箱を開けた。

「主、変な袋が入ってる」

「見せてってこれ、巾着袋じゃね？」

サクラが藍大に見せたのは黒い巾着袋だった。

サクラが手に持っていれば、モンスター図鑑でその正体を調べられる。

「こ、これは収納袋だ。袋の口に端でも入れば袋よりも大きい物が入るし、袋の中は時間が止まる。容量は学校のプール程度だけど重量は感じさせないってさ」

「何それすごい！」

「主、私すごい？」

「すごい！　これは世紀の大発見だ！」

「エヘヘ♪」

藍大が感激のあまりサクラを抱き締めると、サクラは嬉しそうに抱き締め返す。

いつもならば舞が妬《や》くのだが、収納袋を発見した事実に衝撃を受けて固まったままだ。

今のところ、収納袋の存在は認知されていないからだ。

とりあえず、藍大は今日手に入れた戦利品を収納袋に入れ替え、その収納袋はツナギの胸ポケットにしまった。

「収納袋のことはクランメンバーだけの秘密な」

「そうだね。他所《よそ》に漏れたら藍大が余計に狙われちゃうもんね」

「は〜い」

「オン」

「待てよ、フェイクが必要だ。俺達が手ぶらで歩いてたら違和感がある。ダンジョン産の素材を捨て置いたなんて思われるはずない」

「確かに。だったら、時間経過が関係ない物は今まで通りに普通の袋に入れておこうよ」

「そうしよう」

話がまとまると、藍大はふと気になることがあって宝箱に視線を向けた。

「藍大、宝箱に何かあるの？」

「いや、宝箱って持ち帰れるのかなって」

「う〜ん、そんな話は聞いたことないよ」

「持ち帰れるか試してみるか」

藍大が収納袋を取り出して袋の口を宝箱に触れさせれば、それが収納袋の中に入った。

「入っちゃったよ。よし、茂に相談しよう。宝箱のサンプルがあるってわかればあいつも喜ぶだろうし」

「確かに。芹江《せりえ》さん、鑑定士だし宝箱の現物を見たら喜ぶかも」

藍大達は隠し部屋の外に出たタイミングで目を血走らせた冒険者達に取り囲まれた。

彼らは藍大達を尾行していたらしく、武器を構えて脅そうとしているようだ。

「隠し部屋で何を手に入れた⁉」

「教えろよ！」

「サクラ、よろしく」

「は～い。今ここで見た全てを忘れて外で倒れるまで踊り狂いなさい」

「『イエスマム！』」

サクラの〈誘惑香《フェロモン》〉にやられ、彼らは顔を赤らめてこの場から去った。

「グッジョブ」

「エヘヘ～」

藍大達はサクラのおかげでピンチを切り抜けることに成功した。

とりあえず、気持ちを切り替えてボス部屋へと向かう藍大達だったが、その前にウェブカマーが三体現れた。

「全員、ノルマ一体でよろしく」

「ヒャッハァァァッ！　行くぜオラァ！」

「それっ！」

「オン！」

舞が嬉々《きき》として駆けていくのは放置するとして、サクラは〈闇刃《ダークエッジ》〉でウェブカマーの鋏や脚はバラバラに斬り落として達磨《だるま》状態にした。

リルも〈三日月刃《クレセントエッジ》〉で最初に大きな鋏を斬り落とし、それから順番に残りの鋏と脚を斬り落とす。

サクラとリルは素材を気にする余裕があったらしい。

「粉砕！　玉砕！　大喝采！」

（楽しそうでなによりです）

思わず藍大がそう言いたくなるぐらいには舞が一方的に攻撃していた。

数分後、ミンチになったウェブカマーだったものが完成した。

当然回収できる部位はない。

三体のウェブカマーと遭遇した後、藍大達はボス部屋の前に到着するまで一度も戦わなかった。

「フロアボスを倒したら今日は切り上げよう」

「賛成。お腹《なか》空いたもんね」

藍大達がボス部屋に入ると、樽《たる》を背負った大型バイクサイズの灰色の蟹《かに》が待機していた。

藍大はモンスター図鑑で蟹を調べる。

名前：なし　種族：バレルクラブ
性別：雌　Lv：20

HP：210／210　MP：200／200
STR：120　VIT：300
DEX：120　AGI：80
INT：140　LUK：110

称号：三階フロアボス
アビリティ：〈泡爆弾《バブルボム》〉〈鋏　槌《シザーハンマー》〉〈蟹爆弾《クラブボム》〉

バレルクラブの能力値はシャングリラダンジョン一階で遭遇した【掃除屋】ぐらいの強さだった。

「バレルクラブの樽はアビリティで小さい蟹型爆弾を創って溜《た》め込めるから気を付けて」

「うん。泡攻撃も爆弾だって。それと鋏《はさみ》で切るんじゃなくて殴る」

「ふ～ん。私はどうすれば良い？　殴る？　守る？」

「爆弾使う相手に近寄る必要はない。守るでよろしく」

「は～い」

ターン制のゲームのコマンドを選択するような話をしていると、バレルクラブが早速〈蟹爆弾《クラブボム》〉を発動した。

樽からバレルクラブが蟹型の爆弾を次々に取り出して正面に並べ、それらが横歩きで藍大達目掛けて進軍する。

「リル、〈三日月刃《クレセントエッジ》〉で迎撃。サクラは〈幸運吸収《ラックドレイン》〉」

「オン！」

「いただきま～す！」

リルの〈三日月刃《クレセントエッジ》〉によって先頭の爆弾が爆発し、それが連鎖してバレルクラブまで届いた。

サクラの〈幸運吸収《ラックドレイン》〉の影響で不幸になった結果、バレルクラブまで爆発したのだ。

爆風が晴れると、バレルクラブの全身が茹《ゆ》でられた後のように赤く染まっていた。

「爆弾？」

「自爆したのに逆ギレしたらしいぞ」

「困った蟹だね」

バレルクラブが前進するなら〈鋏槌《シザーハンマー》〉を使う可能性が高い。

「サクラはバレルクラブの脚を縛れ。リルは脚に向かって集中攻撃!」

「逮捕しちゃうぞ〜!」

「オン!」

サクラが〈闇鎖《ダークチェーン》〉で敵の脚をまとめて縛ると、リルが〈風弾《ウインドバレット》〉を連射して転ばせる。

そこまでは狙い通りだったが、バレルクラブが転んだ瞬間に樽から蟹型の爆弾が大量にばら撒《ま》かれた。

敵が藍大達に接近したせいで、これらの爆弾が一斉に爆発すると自分達まで爆炎が届きかねない。

「リル、俺と舞を乗せて退避! サクラは俺達の退避が終わった瞬間に上空から爆弾を爆発させろ!」

「オン!」

「は〜い」

藍大達が退避したのを確認し、サクラは〈闇刃《ダークエッジ》〉を蟹型の爆弾に当てる。

バレルクラブは連鎖する爆発に飲み込まれた。

煙によって藍大達の視界が遮られるが、藍大の耳にシステムメッセージが届かない。

煙が収まると、口で泡をブクブクさせて攻撃を準備するバレルクラブの姿があった。

「しぶとい！　サクラ、撃たせるな！」

「えいっ！」

サクラが〈闇刃《ダークエッジ》〉をバレルクラブの口に放てば、〈泡爆弾《バブルボム》〉が暴発してバレルクラブは力尽きて倒れた。

『サクラがLv34になりました』

『サクラが称号【ボス殺し】を獲得しました』

『サクラの称号【ボス殺し】と称号【掃除屋殺し】が称号【ダンジョンの天敵】に統合されました』

『リルがLv33になりました』

『リルが称号【ボス殺し】を獲得しました』

『リルの称号【ボス殺し】と称号【掃除屋殺し】が称号【ダンジョンの天敵】に統合され

ました』

（【ボス殺し】はダンジョンのボス十種類倒して獲得か。【掃除屋殺し】と統合されたけど）

「主、倒した〜」

「よしよし。サクラが被弾しなくて良かったよ」

「エヘヘ〜♪」

「クゥ〜ン」

「リルもありがとな。良い働きだったぞ」

「オン♪」

藍大に撫《な》でられると、リルは尻尾を振って嬉《うれ》しそうに吠《ほ》えた。

その後、藍大はバレルクラブを解体して魔石を手に入れ、それをサクラに与える。

サクラが藍大に魔石を食べさせてもらうと、サクラの胸がワンサイズ大きくなった。

『サクラのアビリティ：〈闇刃《ダークエッジ》〉がアビリティ：〈暗黒刃《ダークネスエッジ》〉に上書きされました』

「また強くなったな」

「うん！　もっと強くなって主を守るよ！」

「サクラは本当に良い子だ」

「エヘヘ〜♪」

パワーアップが終わって藍大達はダンジョンから脱出した。

赤星邸に戻る前にコンビニで昼食を買って近くの公園に移動すれば気分はピクニックだ。

食後の休憩中、舞は掲示板を見ていたようで自分達を尾行していた冒険者パーティーが客船ダンジョン前で安来節《やすぎぶし》を踊り続けて捕まったことを知らせた。

藍大は周囲に誰もいないことを確認してから茂に連絡する。

『藍大か？』

「面白い物と新しい情報を手に入れたんだけど知りたい？」

『詳しく』

「隠し部屋の宝箱を持ち帰って来た。持ち帰る手段は秘密だが売っても良いぞ」

いくら茂相手でも、収納袋の存在を教えるのは藍大も慎重な姿勢を見せた。

だが、藍大と付き合いの長い茂は手段を口にすると面倒事が生じるのだろうと察した。

『わかった。宝箱を実際に調べられるのはありがたい。十万円出そう。今からＤＭＵ運輸に受け取りに行かせる』

「宝箱の存在がバレると困るから、指定する公園に派遣してくれ」

藍大が茂に自分達が今いる公園の名前を伝えると、十分ほどで着くと茂は答えた。

『その他に面白い物は手に入ったか？』

「今日は二階と三階を突破したけど欲しい素材ある？」

『半日で二階分突破したとか随分と飛ばすじゃんか』

「昨日の掲示板の影響か俺達にはこれ以上美味《おい》しい思いをさせたくない奴等《やつら》ばかりで、ボス部屋までの最短ルートを会う奴会う奴に教えられたんだ。道中で出くわすモンスターも少なくて三階まで進んじまった」

『はぁ、しょっぱい奴等だな。聞いてて情けなくなるぜ』

「なんもかんも人間の欲深さが悪い」

『スケールがデカいわ！　それはさておき、バレルクラブの背中の樽は壊さず持ち帰れたか？』

茂は自分が仕事で必要だと思った素材を持ち帰ってないか藍大に訊《たず》ねた。

「ある。多少爆発で傷ついてるけどそれでも良ければ」

『是非とも買い取りたい。それ以外もあるだけ買い取るよ』

「了解。ところで、マッシブロックの素材ってまだそっちに残ってる？」

『研究の予備分が残ってるけどなんで？』

「マッシブロックの素材とバレルクラブの鋏で合金にしてメイスや盾を作れないかなって」

『その発想はなかった。バレルクラブも硬いし、できたら面白いかもしれん。職人班にできるか訊《き》いてみよう。これも立石《たていし》さんに使ってもらうのか？』

「正解。マッシブメイスとマッシブシールドよりも性能が高いなら、そっちを使った方が安全性を高められるだろ？」

『違いない』

マッシブシリーズは既存の武器や防具よりも頑丈だが、それに胡坐《あぐら》をかいてアップデートしないのは怠慢だ。

そして、その怠慢で命を落とさないようにやれることはやっておくべきだろう。

「それはそれとして、称号の話もある」

『今度はどんなやつ？』

「サクラとリルが【ボス殺し】を手に入れた。それが【掃除屋殺し】と統合されて【ダンジョンの天敵】になった」

『情報がホイホイ出てくるじゃねえか。獲得条件はわかってんのか？　効果は？』

「【ボス殺し】はボス十種類の討伐。【ダンジョンの天敵】は【ボス殺し】と【掃除屋殺し】の両方を獲得したこと。前者はボスとの戦闘時に能力値と倒した時の取得経験値一・五倍になり、後者はダンジョン内での全能力値と取得経験値が一・五倍になる」

『有用だがボス十種類とか藍大みたいに日替わりダンジョンにでも行かなきゃむずくね？』

鑑定士の職業技能《ジョブスキル》を持つ茂には、人が従魔同様に獲得した称号も確認できる。

「あれ、それなら舞もクリアしてね？　茂、テレビ電話にするから舞を調べてくれ」

『わかった』

カメラ越しでは鑑定の精度は落ちるけれど、称号ぐらいならわかるので茂は承諾した。

「どうだ？」

『おぉ、藍大の言う通りだ。立石さんも【ダンジョンの天敵】を獲得してる』

「だから今日は朝から調子良かったんだ〜？」

「舞の場合は遠征とかもしてたから、昨日獲得してたのかもな」

そんな話をしていると、遠目にＤＭＵ運輸のトラックが見えたので電話を終わらせた。

物の準備が終わってすぐに、ＤＭＵ運輸のトラックが公園の前に到着した。

引渡しが済んでトラックを見送ると、舞が先程は言えずにいたことを口にした。

「藍大、新しいメイスとシールドを注文してくれてありがとね。大事に使うよ」

「いつまでもプレゼントできるとは限らないから、舞も頑張って貯金しような？」

「……私が散財しようとしてたら止めてね」

「自制心に自信がないの？」

「ない！　藍大に任せた！」

（駄目な方に自信があってどうするよ）

藍大が溜息《ためいき》をつくのも無理もない。

その後、藍大達は赤星邸に帰った。

◆◆◆

翌日、藍大達は客船ダンジョンの四階から探索を始める。

「今日も冒険者が多いな」

「隠し部屋探しブームなんだよ」

昨日と同様に遭遇した冒険者にボス部屋への最短ルートを教えられたが、男性冒険者達は下卑《げび》た笑みを浮かべて舞とサクラを見て、女性冒険者達は藍大に四階のモンスターは絶対にテイムするなと念押しした。

女性冒険者達の勢いはフリなのかと思うぐらい執拗《しつよう》だった。

それは置いといて、何故《なぜ》男女で反応が分かれたのかすぐに理解することになる。

「なるほど」

「いやぁぁぁぁっ！」

「無理無理無理無理ぃぃぃっ！」

「クゥ〜ン……」

藍大達が見つけたのはピンク色のイソギンチャクだ。

藍大がモンスター図鑑で調べたところ、テンタクルスというらしい。

男性冒険者達は舞とサクラの触手プレイを期待しており、女性冒険者達は藍大がテンタクルスをテイムして変なことをしないでと念を押した訳だ。

舞もサクラも触手は苦手なようで、一切近づこうとしない。

舞が触手を恐れず容赦なく殲滅《せんめつ》すると思いきや、舞にもか弱い女性らしさは残っていた。

むしろ、サクラの方が過激な反応を見せ、〈暗黒刃《ダークネスエッジ》〉でテンタクルスを細切れにして倒してしまった。

〈暗黒刃《ダークネスエッジ》〉の試し撃ちの相手としては申し分なく、テンタクルスはどの死体も見事な断面で斬られていた。

なお、テンタクルスの死体はゴムに近い素材であり、買い取りのために持ち帰ることが推奨されている。

決して邪《よこしま》なことのために使うのではなく、世のため人のために使われるのだ。

「主～、怖かったよ～」

「滅茶苦茶《めちゃくちゃ》バラバラにしてたけど怖かったんだな、よしよし」

「藍大、あれは女性の敵だよ！　見敵必殺《サーチ&デストロイ》！」

「自分から倒しに行けるの？」

「無理！　襲い掛かってきたところをぶん殴る！」

舞は次会ったらぶっ飛ばしてやると荒ぶっており、先《せん》の先《せん》を取るのは難しくとも後《ご》の先《せん》ならば取れると自信満々に答えた。

幸い、テンタクルスには移動手段を持ち合わせておらず、ダンジョンの床や壁、天井から生えるような形で出現した。

動かずに触手を伸ばすだけならば、舞の反射神経で後の先を取ることは容易《たやす》いらしい。

実際、二回目にテンタクルスに遭遇した時、舞はテンタクルスが〈捕縛《アレスト》〉で伸ばして来た触手を全て躱《かわ》してマッシブメイスでその触手を殴り潰していた。

その後も何度かテンタクルスと遭遇してしまうのだが、ある時に男性冒険者二人が藍大達を遠くから眺めていた。

運が良ければ〈捕縛《アレスト》〉と〈溶酸《メルトアシッド》〉、〈掘削《ディグ》〉のフルコースでサクラと舞が触手プレイの被害に遭うだろうと期待し、その様をじっくりと見ようとしているのが見え見えである。

ところが、彼らの邪な願いは背後から忍び寄るテンタクルスによって叶《かな》わなくなる。

「うわっ、なんだ⁉」

「なんでこっちに⁉　あっち行けよ！」

二人とも仲良く〈捕縛《アレスト》〉を発動したテンタクルスに捕まってしまった。

そのテンタクルスはトチ狂ったのか二人に〈溶酸《メルトアシッド》〉を使って服を溶かし、〈掘削《ディグ》〉で彼らの尻に触手を突っ込んだ。

「「アッー！」」

「これは酷《ひど》い」

「気持ち悪い」

「汚物なんて消えちゃえ！」

「オン！」

藍大も舞も目の前で起きたことにドン引きし、サクラとリルはそれぞれ〈暗黒刃《ダークネスエッジ》〉と

〈風弾《ウインドバレット》〉でテンタクルスの息の根を止めた。

『サクラがLv35になりました』

『サクラが称号【耐え忍ぶ者】を獲得しました』

『サクラの称号【幸運喰《ぐ》らい】と称号【耐え忍ぶ者】が称号【勝負師】に統合されました』

『リルがLv34になりました』

『リルが称号【耐え忍ぶ者】を獲得しました』

【耐え忍ぶ者】には被ダメージ量の微減と苦痛耐性の上昇効果がある。

サクラとリルは見たくもない凄惨な事故を目撃した結果、この称号を手に入れたらしい。

その上、サクラは【幸運喰らい】と【耐え忍ぶ者】が統合されて【勝負師】を獲得した。

【勝負師】はLUKの能力値が倍になることに加え、被ダメージ量の微減と一日一分間だけLUKが元の能力値の四倍になるという効果だった。

敵のLUKを奪ってもMPを回復する効果はなくなったが、サクラの被ダメージ量が減るならば【勝負師】を獲得したことはプラスだろう。

「藍大～」

「主～」

「クゥ～ン……」

「よしよし。悪い夢でも見たと思って忘れよう」

舞とサクラ、リルが酷い光景を目にしてしまったと抱き着いたり頬擦りして甘えると、藍大は全員をあやすように言った。

このテンタクルスだけは回収する気分になれず、放置して藍大達がボス部屋に向かうのは当然だった。

ボス部屋の前に到着すると、藍大達は四階をさっさと通過したいのでボス部屋の中に入った。

すると、樹木サイズの蛍光色の触手が藍大達を待ち構えていた。

藍大はすぐさまモンスター図鑑を開き、フロアボスのステータスを調べた。

名前：なし　種族：ローパー
性別：雄　Ｌｖ：25

HP：210／210　MP：240／240
STR：270　VIT：300
DEX：350　AGI：0
INT：0　LUK：0

称号：四階フロアボス

アビリティ：〈捕縛《アレスト》〉〈硬化《ハーデン》〉〈螺旋刺突《スパイラルスティング》〉

藍大がローパーのステータスを見た時、最初に目がいったのはVIT《生命力》とDEX《器用さ》の能力値だった。

触手は柔らかいイメージだが、VITの能力値がバレルクラブと同じならば無理もない。

テンタクルスとの違いは〈溶酸《メルトアシッド》〉が〈硬化《ハーデン》〉に変化し、〈掘削《ディグ》〉が〈螺旋刺突《スパイラルスティング》〉に強化されているところだ。

〈硬化《ハーデン》〉が使えるということは、バレルクラブよりも一時的にVITの能力値を高められる。

〈掘削《ディグ》〉は男性冒険者達を掘る程度で済んだかもしれないが、〈螺旋刺突《スパイラルスティング》〉ならば体が貫通する威力なのは間違いない。

DEXが高くとも威力があれば貫通することは避けられないだろう。

「藍大、巨大触手なんて乙女の敵だよ！」

「主、あれは駄目！　抹殺しよ！」

舞とサクラが荒ぶる中、藍大達にとって予想外のことが起きた。

ローパーが〈捕縛《アレスト》〉を発動して触手を伸ばした先にいたのは藍大だった。

「なんで俺⁉」

「おい、藍大に手を出すんじゃねえぞコラァ！」

咄嗟《とっさ》に舞がカバーに入り、マッシブメイスでローパーの触手を弾《はじ》き返《かえ》した。

ローパーに苦手意識があったけれど、舞は藍大を助けようと割って入ってみせたのだ。

「オン！」

弾かれた触手に対して、リルが〈三日月刃《クレセントエッジ》〉を放って触手を切断する。

「いただきま～す！」

サクラは大好きな藍大を狙うローパーを許さないと怒ったが、ローパーに万が一でも幸運が起きてはならぬと〈幸運吸収《ラックドレイン》〉を発動した。

予想外の事態に藍大は冷や汗ダラダラである。

ヘイトを稼いでいないはずの藍大を捕らえようとしたことから、あのローパーに特殊性癖がある可能性が高い。

「舞、サクラ、リル、素材なんてどうでも良いからぶちのめせ！」

「任せな！」

「うん！」

「アオォォォン！」

舞は自ら攻め込むと分が悪いとわかっているので、藍大の近くに待機してローパーが触手を伸ばしてくるチャンスを待つ。

「逮捕しちゃうぞ〜！」

サクラが〈闇鎖《ダークチェーン》〉を発動して拘束しようとするが、ローパーは〈螺旋刺突《スパイラルスティング》〉でサクラの鎖を弾き返した。

サクラの拘束を阻止するのに使った触手は数本だから、残りで藍大を捕えようと伸ばす。

「藍大はやらせねえって言ってんだろうが！」

舞はメイスとシールドを巧みに操って触手を次々に弾く。

「オン！」

舞が弾いたタイミングを逃さず、リルは触手を次々に〈三日月刃《クレセントエッジ》〉で切断していく。

だが、ローパーは残りの触手に〈硬化《ハーデン》〉を使ってリルの放った斬撃を弾いた。

進化する変態とはかくも恐ろしい。

「サクラ、拘束は止《や》めて攻撃に回ってくれ！」

「は〜い！　バラバラになっちゃえ〜！」

サクラの〈暗黒刃《ダークネスエッジ》〉は〈闇鎖《ダークチェーン》〉よりも威力が高く、次々とローパーの触手を切断した。

ローパーは逆転を狙って何本かの触手を束ねて四本腕の見た目に変え、舞とサクラ、リルに向かって〈硬化《ハーデン》〉と〈螺旋刺突《スパイラルスティング》〉を重ね掛けした触手を伸ばした。

サクラは空に逃げ、リルはAGI《敏捷性》の高さを活《い》かして躱した。

しかし、舞はシールドで太い触手を側面から弾いて威力を減衰させると、回転斬りの要領でスイングした。

「ぶっ飛べオラァ！」

舞に殴られた触手は藍大を狙う触手に命中し、自分の攻撃で削られて千切れてしまった。

「舞には負けない！」

サクラは舞が触手の攻撃を凌《しの》いでみせると、〈暗黒刃《ダークネスエッジ》〉をドリルのように回転させて自分を襲う触手を貫いた。

「オン！」

リルも〈三日月刃《クレセントエッジ》〉を連発して力業で触手をぶった切った。

残る太い触手は一本のみだ。

ローパーは覚悟を決めたのか、舞達を無視して藍大を狙って触手を伸ばした。

「しつけえんだよ！」

舞がシールドでその触手を弾こうとしたが、ローパーがバランスを崩して倒れて藍大を狙っていた触手が何もない所に伸びていく。

転倒して無防備な状態のローパーなんて敵ではないから、舞とサクラ、リルが袋叩《ふくろだた》きにして倒した。

『サクラがＬｖ36になりました』

『リルがＬｖ35になりました』

「お疲れ様。サクラもリルもよくやってくれた。俺の貞操を守ってくれてありがとな」

「エヘヘ♪」

「クゥ〜ン♪」

真剣に自分の身の危険を感じた藍大は、サクラとリルをいつも以上に優しく撫《な》でた。

舞にもお礼を言おうと藍大が振り向くと、舞は悲しそうに両手の武器を見つめていた。

「舞、どうした？」

「藍大、ごめん。メイスとシールドがもう限界みたい。初めて貰《もら》った物だから大切に使ってたんだけど駄目だった……」

舞がしょんぼりしながらそう言った直後、マッシブメイスとマッシブシールドが割れた。

舞の戦い方ではメイスとシールドに負荷がかかっても何もおかしくない。

「形ある物はいずれ壊れる。舞が無事ならそれで良いさ。というか俺を守るために無理させちゃってこっちこそすまん。茂に新作を頼んでるから気にしないでくれ」

「藍大〜！」

舞の沈んでいた表情が晴れ、嬉《うれ》しさのあまり藍大に抱き着いた。

「舞もありがとな。本当に助かった」

「うん！」

舞が落ち着くまで好きにさせてから、藍大達はローパーの死体の解体と回収を行った。

「魔石はリルにあげる番だな」

「ワフゥ」

魔石を飲み込むと、リルの体がポニーと乗用馬の中間ぐらいのサイズになる。

『リルのアビリティ：〈風弾《ウインドバレット》〉がアビリティ：〈竜巻弾《トルネードバレット》〉に上書きされました』

「〈風弾《ウインドバレット》〉が強化されたか」

「オン♪」

強くなったんだぞとリルが藍大に頬擦りすると、藍大はよしよしと頭を撫でてやった。

その後、舞が戦える状況ではなくなったので、藍大達は客船ダンジョンを脱出した。

茂に今日の報告と戦利品の配送手配を済ませたら藍大達はゆっくり休んだ。

◆◆◆

翌朝、ＤＭＵ運輸から決戦前の藍大達に舞の新しい武器や防具と藍大のツナギが届いた。

メイスとシールド、スケイルアーマーはいずれも薄紅色にカラーリングされていた。

メイスは蟹《かに》の鋏《はさみ》を模している反面、シールドはマッシブシールドと同様に亀の甲羅にそっくりだ。

スケイルアーマーは内側がメタリックではなく革が張られていた。

藍大のツナギはカーキ色で普通の見た目でも耐久度が違う。

ＤＭＵ運輸のトラックが去ると、藍大のスマホに茂から電話がかかって来た。

『藍大、注文した品は見たか？』

「おう。職人班の作業速度ヤバい。伝票のＳＳシリーズって何？」

『ＳｅａとＳｈａｎｇｒｉ－ＬａでＳＳだ。藍大と立石さんの防具にはマッシブロックとバレルクラブに加えてローパーとパイロリザードの素材も使われてるから、耐火性と伸縮性もばっちりだ。いい加減藍大もちゃんとした防具着ろよな』

「俺からツナギを取ったら大家さんらしさがなくなるだろ！　ツナギはポケットも多いし汚れにくくて便利なんだ！」

『ツナギ推しの理由ってそれかよ⁉　それよりも今日が決戦なんだろ？　気を付けろよ』

「おう。良い結果を報告できるようにするさ」

茂との電話を切ると、藍大達は新しい装備に着替えた。

「舞、装備に問題はない？」

「ばっちり！　藍大のおかげだね！」

「どういたしまして。じゃあ、赤星さん達と合流しよう」

藍大達は誠也と真奈と赤星家の車に乗り込み、客船ダンジョンまで移動した。

客船ダンジョン前には両手に盾を持った戦士風の男性と白衣の女性がいた。

「盾持ちが三島豪《みしまごう》。職業技能《ジョブスキル》は盾士です。白衣の方は三島華《みしまはな》。職業技能《ジョブスキル》は薬士です。二人は兄妹《きょうだい》で私達の幼馴染《おさななじみ》です」

「「よろしくお願いします」」

「よろしくお願いします」

続いて誠也が言った。

「私は槍士《やりし》です。前衛二人、後衛二人のこのパーティーが【レッドスター】の壱番隊です」

「薬士ってどう戦うんですか？」

「私の武器はこれです」

華は白衣の前のボタンを外すが、藍大はサクラに後ろから手で目隠しされて華の武器を知ることができなかった。

「サクラ、前が見えないんだが」

「主、見ちゃ駄目」

「サクラちゃん、華さんは白衣の下に服を着てるから目隠しを外しても大丈夫」

「わかった」

サクラは華が露出狂かもしれないと思い、藍大への誘惑を阻止しようと目隠ししただけだから、舞の説明に納得して目隠しを止めた。

華の武器が試験管に入った薬品だと確認した後、藍大はリルを召喚してから誠也達と一緒に客船ダンジョンの五階へと移動した。

五階に出現する雑魚《モブ》モンスターはロックタートルといい、ガチガチの岩でできた甲羅を背負う亀だ。

藍大がロックタートルのステータスを調べ、その結果を舞達に伝えれば戦闘開始だ。

「ヒャッハァァァ！」

舞が嬉々《きき》としてロックタートルと距離を詰めて新しいメイスで殴り始める。

「これが本物の撲殺騎士ですか」

「今日の決戦に向けて仕上げたようですね」

「どこの世紀末から来た修羅だよ」

「えぇ……」

ロックタートルが相手でもアグレッシブに攻める舞に誠也達は引いていたが、それに対して藍大はロックタートルの打たれ弱さに驚いていた。

（あいつらは名ばかりの豆腐ボディーなのか？）

Ｌｖ23のロックタートルが甲羅ごと殴り潰されたらそう思うだろう。

倒し終えた舞は笑顔で藍大の隣に戻って来た。

「これ良いよ～。前のよりも手に馴染《なじ》むし、殴った時の反動も少ない」

「満足してもらえて良かった。プレゼントした甲斐《かい》あったよ」

「本当にありがとね！　メタルタートルもこの調子で砕こう！」

気合を入れる舞を見て、藍大は舞なら実現できる気がしてきた。

「そうなったらＡＫＡＢＯＳＨＩはＤＭＵの職人班に技術力で負けたことになりますね。マッシブシリーズの頃から密《ひそ》かに注目してましたが、どう考えても今の武器はそれ以上です」

「ロックタートルをグチャグチャに殴り潰せてる時点で負けてない？」

真奈は真面目な表情で応じれば、否定できないと誠也は苦笑した。

その後、舞以外も最終調整を済ませてボス部屋に到着した。

「逢魔さん、いよいよメタルタートルとの戦いです。敵は乗用車サイズですが動きは鈍いです。鋼の甲羅に籠られたら手出しができませんが、逢魔さんのテイムのチャンスです。

期待してますよ」

「微力を尽くしましょう」

藍大達は同盟を組んだ目的を果たすべく、ボス部屋の中へと入る。

そこで待ち受けていたメタリックカラーのそれの外見は誠也の情報とは違った。

「情報よりもメタルタートルが小さくないか？」

「ボス部屋の個体が変わった……だと……⁉」

この事態は誠也にとっても予想外だったらしい。

ダンジョンの仕組みは今でもわからないことが多く、ボス部屋のボスが今まで戦った個体と明らかに違ったことで初めて気づいた事実だった。

自分の仕入れた情報もその対策も全て見当違いとなれば、誠也ではなくても取り乱すのも仕方のないことだろう。

とはいえ、藍大は誠也が取り乱そうが取り乱すまいがやることは同じである。

藍大はモンスター図鑑を開き、大型犬サイズのメタルタートルについて調べ始めた。

名前：なし　種族：メタルタートル

性別：雄　Lv：30

HP：240／240　MP：270／270
STR：240　VIT：450
DEX：270　AGI：210
INT：270　LUK：240

称号：五階フロアボス
　　希少種
アビリティ：〈水　槍《ウォーターランス》〉〈防御形態《ディフェンスフォーム》〉
　　〈睡眠回復《スリープヒール》〉〈滑走突撃《グライドブリッツ》〉

（こりゃかなり継戦能力高いな。つーか【希少種】って何？　初めて見たんだが）

ステータスを見て藍大は厳しい戦いになりそうだと判断した。

【希少種】とは、同じ種類のモンスターでも能力値が高くて外見の特徴や会得《えとく》しているアビリティも異なる個体が得る称号だ。

メタルタートルの【希少種】は通常の個体よりもサイズが小さくて俊敏なのが特徴である。

しかも、〈防御形態《ディフェンスフォーム》〉と〈睡眠回復《スリープヒール》〉を会得しているからHPを削るのが難しいし、削っても回復される。

とりあえず、一般的な個体よりも硬い時点で【レッドスター】の四人は手も足も出ないと判断して藍大は指示を出す。

「サクラ、〈幸運吸収《ラックドレイン》〉だ」

「は〜い。いただきま〜す！」

その瞬間、メタルタートルは直感で何か仕掛けられると思ったらしく、素早く甲羅の中に籠った。

〈防御形態《ディフェンスフォーム》〉を発動したのである。

このアビリティにより、サクラの〈幸運吸収《ラックドレイン》〉の効果が無効化されてしまった。

「主、効いてないみたい」

「嘘《うそ》だろ？〈防御形態《ディフェンスフォーム》〉ってそんなことまでできるの？」

自爆を狙ういつもの戦術が通用しないことはなかったので、藍大はより一層【希少種】

であるこの個体に興味を持った。

（こいつはなんとしてもテイムしないと）

そんなことを考えている間にメタルタートルが次の行動に出る。

藍大達に向かって甲羅に籠ったまま〈滑走突撃《グライドブリッツ》〉を発動した。

「危ない！」

サクラは藍大を抱えて空に逃げる。

もしもサクラに飛んで逃げてもらうのがあと数秒遅かったら、藍大は挽肉《ひきにく》にされていたことだろう。

藍大以外はメタルタートルの突撃を躱《かわ》せただろうから、サクラの考えは正しい。

「リル、メタルタートルの周りを走りながら攻撃して注意を逸《そ》らしてくれ！」

「オン！」

自分がサクラに抱えられて空を移動するならば、やることはもう決まっているので藍大はリルに指示を出す。

リルは藍大から指示を受けると、停止したメタルタートルの周囲を走り回りながら〈三日月刃《クレセントエッジ》〉を連発する。

ところが、〈防御形態《ディフェンスフォーム》〉を発動したメタルタートルのＶＩＴは倍になるから、リルの

ＳＴＲではダメージを与えることができなかった。

ダメージを与えることができなければ、注意を逸らすこともできない。

メタルタートルは素早いリルの動きについていけないが、〈防御形態《ディフェンスフォーム》〉を発動したメタルタートルにリルもダメージを与えられないから無視することにした。

それから、メタルタートルは地上で固まっている舞達に狙いを変えて再び〈滑走突撃《グライドブリッツ》〉を発動する。

「舞、無茶しないで避けろ！」

「問題ねえぜオラァ！」

舞は【レッドスター】の四人の前に立ち、オーラを両手の武器に付与して構え、メタルタートルと衝突するギリギリで横に躱すと同時にＳＳシールドを押し出す。

前進するメタルタートルに対し、横から舞の馬鹿力が加わればメタルタートルがグラつく。

伊達《だて》に客船ダンジョンのモンスターを何度もぺしゃんこにしていないということだろう。

「喰《く》らいやがれ！」

一瞬の隙を見逃さず、舞はＳＳメイスでフルスイングを決めればメタルタートルの軌道が誠也達から大きく横に逸れた。

「兄貴、今の立石さんと同じことできる？」

「無理に決まってんだろ。良くて大怪我《けが》、悪くてお陀仏《だぶつ》だわ」

華が舞と同じことができるかと訊《たず》ねれば、豪はその問いに対して乾いた笑みを浮かべながら無理だと答えた。

仮に今作り出せる最高の装備があったとしても、地力がなければこのメタルタートルの突撃を弾くなんてできないのだ。

この時点で舞は大手の【レッドスター】に対し、守りの実力が上であると証明してみせた。

舞に攻撃の軌道を逸らされたメタルタートルは動きを止める。

次は誰にどのように攻撃するか考えているようだ。

「サクラ、テイムする。接近してくれ」

「うん！」

サクラは藍大を抱えたまま降下してメタルタートルに接近し、藍大がメタルタートルの甲羅にモンスター図鑑を開いて被《かぶ》せた。

ところが、メタルタートルの体は〈防御形態《ディフェンスフォーム》〉の効果でモンスター図鑑に吸い込まれなかった。

「やっぱりテイムもできないか。サクラ、メタルタートルを誘惑できそう？」

「駄目。私に心閉ざしてる」

「そうか。一旦離脱してくれ」

「うん」

甲羅に籠ったままではテイムできず、サクラの〈誘惑香《フェロモン》〉でも誘惑できないらしい。

何か良い手はないものかと藍大が頭を悩ませていると、三大欲求の残りについて思い出した。

甲羅の中で眠られたら何もできないので、睡眠欲からアプローチするのは悪手だろう。

サクラの性欲からのアプローチに加え、睡眠欲からのアプローチも駄目ならば、残るアプローチは食欲を絡《から》めたものになる。

藍大はツナギのポケットに入れた収納袋からシェルガンナーの切り身を取り出し、試しにメタルタートルの前に投げてみた。

地面にシェルガンナーの切り身が落ちた瞬間、甲羅がピクッと動いた。

（やはり食欲には抗《あらが》えないか）

そう思った藍大は、シェルガンナーの切り身を少しずつずらして投げ続ける。

藍大の仕掛けが完了した頃には、メタルタートルが〈防御形態《ディフェンスフォーム》〉を解除して甲羅から頭や手足を出し、自分の前に置かれた餌に食いついていた。

藍大はメタルタートルが進んでは食べ、進んでは食べという行動を繰り返すのを待った。

メタルタートルは警戒していた雰囲気が嘘のように餌に食いつき、藍大の思惑通りに誘導される。

「サクラ、リベンジタイムだ」

「うん」

静かに指示を出して藍大はサクラにメタルタートルに接近してもらい、その頭の上にモンスター図鑑を開いて被せた。

今度は防がれることなく、メタルタートルがモンスター図鑑の中に吸い込まれていった。

藍大の作戦の勝利である。

『メタルタートルのテイムに成功しました。名前を付けて下さい』

「ゲンだ」

メタルタートルが進化すれば玄武《げんぶ》になるかもしれないと思い、藍大は最初の二文字を取って名付けた。

『メタルタートルの名前をゲンとして登録します』

『ゲンは名付けられたことで強化されました』

『テイムされたことでゲンは称号【五階フロアボス】を失いました』

『ゲンのステータスはモンスター図鑑の従魔ページに記載され、変化がある度に更新されていつでもその情報を閲覧できます』

　システムメッセージにより、藍大はモンスター図鑑にゲンが登録されたことを知って安心した。

「テイム成功！　みんなありがとう！」

「おめでとう藍大！」

「やったね主！」

「オン！」

　藍大達がひとしきり喜んだ後、誠也が藍大に駆け寄って両手を握る。

「逢魔さん、ありがとうございました！　やっと上の階層に挑めます！」

「こちらも頼りになるモンスターをテイムできました。ありがとうございました」

藍大達は五階でやることを済ませたので客船ダンジョンから脱出した。

今まで失敗続きの五階のフロアボス討伐戦に藍大達が参加することは周知されていた。

それゆえ、誠也達がご機嫌な様子でダンジョンから出て来たことで野次馬達は今回の挑戦が良い結果で終わったと察して騒ぎになった。

この日、藍大がゲンのテイムに成功したことで他の三原色クランも動き出すのではと掲示板で騒がれたが、その頃の藍大達は作戦成功のお祝いをしていたので知る由《よし》もなかった。

◆◆◆

同盟が解消された翌朝、流石《さすが》に今日はシャングリラのダンジョンに行かずに家でゆっくり疲れを取ることにした藍大だが、朝食後にリビングで寝ているゲンを見てぽつりと呟《つぶや》く。

「それにしてもゲンはよく寝るなぁ」

「うん。仕方のない子だよね」

「寝てばっかり」

「オン」

藍大の言葉に舞とサクラ、リルがやれやれと言わんばかりに首を振った。

ゲンは一〇二号室で誰よりも遅く起き、というよりも朝食をさあ取ろうというタイミングで目を覚ました。

食べたと思えば、食休みをしている間にいつの間にか寝息を立てており、昨日の機敏な戦闘はどうしたんだとツッコみたくなった。

ゲンをテイムしたことにより、藍大のパーティーは今まで以上に継戦能力が高くなった。

舞とゲンは盾役だが、どちらも守ってばかりではなく攻撃にも参加できるだけの力を有している。

リルは斥候と遊撃の役割を担《にな》っており、探し物や奇襲で活躍する。

サクラは攻撃と補助を行う後衛であり、宝箱を見つけた時には他のメンバーよりも幸運な彼女が実力を発揮するだろう。

DMUの出向組を抜いても着々と揃《そろ》いつつあるパーティーメンバーを見渡し、藍大は明日からのダンジョン探索に備えて今日はしっかり休まねばと思い直す。

「ゲンを見習って今日はゆったり過ごすかな」

「それなら私は主とずっと一緒にいる」

「クゥ～ン」

「よしよし。愛《う》い奴等《やつ》め」

サクラとリルが藍大に甘えると、藍大は優しく微笑《ほほえ》んで両手でサクラとリルの頭を撫《な》でた。

「私も～」

「舞は駄目」

「オン」

「そんなぁ」

舞も便乗してサクラとリルの頭を撫でようとしたが、どちらも舞を警戒して撫でさせてもらえなかった。

「時間はたっぷりあるんだから、慌てずゆっくり慣れてもらってくれ」

藍大は舞にアドバイスしつつ、サクラとリルの頭を撫で続けた。

(できることならこのパーティーはずっと続いてほしいな)

そんなことを思う藍大の表情はとても優しいものだった。

あとがき

書籍化されて初めて『俺《おれ》のアパートがダンジョンになったので、最強《さいきょう》モンスターを従《したが》えて楽々攻略《らくらくこうりゃく》　大家《おおや》さん、従魔士《テイマー》に覚醒《かくせい》したってよ』を手に取っていただいた方は初めまして。

Ｗｅｂ小説サイトのカクヨムに投稿している『大家さん、従魔士《じゅうまし》に覚醒したってよ』からの読者の方々はいつもありがとうございます。皆様からのコメントを毎日楽しみにしております。

少し挨拶が長くなってしまいましたが、どうも、モノクロです。

このモノクロというペンネームですが、とある企業の人事異動で赴任した場所で有名なアーティストの名前から着想を得ました。

高校時代から読書の趣味だけでは満足できなくなって小説を書いておりましたが、カクヨムに投稿するようになったのは社会人になって人事異動の後からだったりします。

私がモノクロの名前でカクヨムに投稿している小説の中で、『大家さん、従魔士に覚醒したってよ』は三作目です。

当作品は私が様々なライトノベルを読んでいる中で、人間ってそんなに簡単に覚醒するものだろうかと思ったことがきっかけで構想を練り始めました。

身体能力は並なのに、モンスターの攻撃を掻《か》い潜《くぐ》って本をモンスターに被《かぶ》せないとテイムできないなんて従魔士に優しくない世界を思いつき、主人公にどんな仲間がいれば楽しくなるかあれこれ設定を考えるのは楽しかったです。

主人公が最強な小説も読んでいて爽快感を味わえますが、仲間達に助けられて周りから出遅れた分を取り戻すならどんな追い上げ方が良いだろうかと考えていき、あれも採用これも採用とどんどん湧いていくアイディアをまとめたら当作品になりました。

読者の皆様も同じかもしれませんが、私は会社から帰って来た時には思わず疲れたと溜《ため》息《いき》をついてしまうぐらいには体力を使っています。だからこそ、頭を空っぽにしてサクサク読める作品を読んで癒《いや》されることがあると思います。

「面白いな」とか「くだらないな」とか、「なんでそうなるんだよ」と当作品を読んでクスッと笑ってもらい、今日の疲れを明日に残さないようにしてもらえたなら幸いです。

さて、当作品は第七回カクヨムＷｅｂ小説コンテストの現代ファンタジー部門で特別賞をいただいたことで、書籍化のチャンスをいただきました。

今までいくつかのコンテストに応募したことはありましたが、中間発表で予選を通過できても最終発表で受賞したことは一度もありませんでした。

それゆえ、当作品が入賞したと知らせが来た時は思わず自分が夢を見ているのではないかと頬を抓《つね》ったことを覚えています。

Ｗｅｂ小説時代から私の小説を評価して下さった読者の皆様もそうですが、今回の書籍化には様々な方の力をお借りしました。

まずは担当編集さん。私の拘《こだわ》りで困ってしまうことも多々あったことでしょうが、書籍が完成するまで何度も何度も打ち合わせをしましたね。私の仕事終わりの時間に合わせてもらう都合上、どうしても開始時刻が遅くなってしまいましたが柔軟に対応していただきありがとうございました。おかげで一巻は納得のいく出来栄《できば》えになりました。

次にイラストレーターのあゆま紗由《さゆ》さん。キャラクターデザインもラフ画から段階を踏んで見せてもらいましたが、徐々にライトノベルのイラストとして自分の創造したキャラクターが形になる感動はなかなか味わえるものではありません。

どのキャラのイラストも文字から絵になって嬉《うれ》しかったのは間違いありませんが、その中でもやはりサクラのイラストがお気に入りです。

モフモフなリルも気に入っておりますが、最初の従魔ということもあってラフ画から完成されたイラストになるまでの過程で一番ワクワクしました。

そして、校正作業では自分の文章作成能力の至らなさを知り、当作品を書籍化するには本当に多くの人のお力を借りないと実現できなかったなと思いました。

一冊の本として完成した当作品ですが、これを手に持って今も病気と闘っている読書好きの祖父に会いに行きたいです。当作品は祖父が読むようなジャンルではありませんが、私が第七回カクヨムWeb小説コンテストで特別賞を受賞したこと、書籍化すると聞いて喜んでくれました。そんな祖父に自分の本を持って小説家になったんだと言えば、祖父は病気になんか負けていられないと立ち上がってくれるかもしれませんからね。

最後に繰り返しとなりますが、『俺のアパートがダンジョンになったので、最強モンスターを従えて楽々攻略　大家さん、従魔士に覚醒したってよ』を手に取っていただき誠にありがとうございました。

モノクロ

富士見ファンタジア文庫

俺《おれ》のアパートがダンジョンになったので、
最強《さいきょう》モンスターを従《したが》えて楽々攻略《らくらくこうりゃく》
大家《おおや》さん、従魔士《テイマー》に覚醒《かくせい》したってよ

令和5年8月20日　初版発行

著者——モノクロ

発行者——山下直久
発　行——株式会社KADOKAWA
〒102-8177
東京都千代田区富士見2-13-3
0570-002-301（ナビダイヤル）
印刷所——株式会社暁印刷
製本所——本間製本株式会社

ISBN978-4-04-075103-0 C0193 ◇◇◇

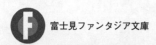

この少年
すべてが
天上優夜《てんじょうゆうや》
異世界で
レベルアップした結果、
最強の身体能力を
手に入れた少年
シリーズ好評発売中！

異世界でチート能力《スキル》を手にした俺は、現実世界をも無双する

～レベルアップは人生を変えた～

I got a cheat ability in a different world, and became extraordinary even in the real world.

チートすぎる

著：美紅
イラスト：桑島黎音

幼い頃から酷い虐めを受けてきた少年が開いたのは『異世界への扉』だった！ 初めて異世界を訪れた者として、チート級の能力を手にした彼は、レベルアップを重ね……最強の身体能力を持った完全無欠な少年へと生まれ変わった！ 彼は、2つの世界を行き来できる扉を通して、現実世界にも旋風を巻き起こし――!? 異世界×現実世界。レベルアップした少年は2つの世界を無双する！

ファンタジア文庫

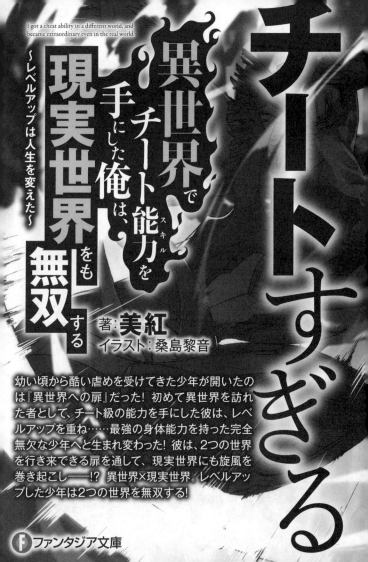

ティナ
四大公爵家の
ひとつ、ハワード家に
生まれた公女殿下。
なぜか誰でも扱える
程度の魔法すら使う
ことができない。
変える
はじめましょう
アレン
公爵令嬢ティナの
家庭教師を務める
ことになった青年。魔法
の知識・制御にかけては
他の追随を許さない
圧倒的な実力の
持ち主。
発売中!

切り拓け！キミだけの王道
ファンタジア大賞
原稿募集中！
賞金
《大賞》300万円
《金賞》50万円
《銀賞》30万円
選考委員
細音啓「キミと僕の最後の戦場、あるいは世界が始まる聖戦」
橘公司「デート・ア・ライブ」
羊太郎「ロクでなし魔術講師と禁忌教典《アカシックレコード》」
ファンタジア文庫編集長
前期締切 8月末日
後期締切 2月末日
公式サイトはこちら！ https://www.fantasiataisho.com/
イラスト／つなこ、猫鍋蒼、三嶋くろね